El Cid, eigentlich Don Rodrigo de Bivar, war ein kastilischer Adliger des 11. Jahrhunderts, dessen Leben und kriegerische Taten von der Volkssage und Dichtung verklärt wurden. Er ist der Held eines glanzvollen mittelalterlichen Epos, aber auch jener volkstümlichen spanischen Romanzen, die Herder seinem Romanzenzyklus „Der Cid“, der bedeutendsten deutschen Gestaltung dieses großen Themas der Weltliteratur, zugrunde gelegt hat. Herders Nachdichtung, vollständig erstmals 1805 erschienen, erzählt von den Jugendtaten des Helden, von seinen Erfolgen als Feldherr, von Bruderkrieg und Mord im kastilischen Königshaus, von der Ehe mit einer Verwandten seines Königs, von Ungnade und Verbannung, von Krieg und Tod. Die Taschenbuchausgabe ist ein Nachdruck der von Eugen Napoleon Neureuther (1806–1882) illustrierten Ausgabe von 1859. Originalformat 16,7×42,2 cm. – Nachwort von Heiner Höfener.

Der Cid

nach spanischen Romanzen

besungen durch

Johann Gottfried von Herder

mit

Randzeichnungen von Eugen Neureuther.

Yo so Ruy Diaz el Cid Campeador!
El poëma del Cid.

Dritte Auflage.

Stuttgart.
J. G. Cotta'scher Verlag.
1859.

Die bibliophilen Taschenbücher

Gesamtherstellung: Karl Hitzegrad, Dortmund
Printed in Germany

Der Cid
nach
Spanischen Romanzen
besungen durch
J. G. von Herder.
mit
Randzeichnungen von Eugen Neureuther.
ANDREW BEST LELOIR .SC.

Der Cid

unter

Ferdinand dem Grossen.

1.

Traurendtief saß Don Diego,
Wohl war keiner je so traurig;
Gramvoll dacht' er Tag' und Nächte
Nur an seines Hauses Schmach.

An die Schmach des edlen alten
Tapfern Hauses der von Lainez,
Das die Inigos an Ruhme,
Die Alarkos übertraf.

Tief gekränket, schwach vor Alter,
Fühlt er nahe sich dem Grabe,
Da indeß sein Feind Don Gormaz
Ohne Gegner triumphirt.

Sonder Schlaf und sonder Speise,
Schläget er die Augen nieder,
Tritt nicht über seine Schwelle,
Spricht mit seinen Freunden nicht,

Höret nicht der Freunde Zuspruch,
Wenn sie kommen ihn zu trösten;
Denn der Athem des Entehrten,
Glaubt' er, schände seinen Freund.

Endlich schüttelt er die Bürde
Los, des grausam-stummen Grames,
Lässet kommen seine Söhne,
Aber spricht zu ihnen nicht;

Bindet ihrer aller Hände
Ernst und fest mit starken Banden;
Alle, Thränen in den Augen,
Flehen um Barmherzigkeit.

Fast schon ist er ohne Hoffnung,
Als der jüngste seiner Söhne,
Don Rodrigo, seinem Muthe
Freud' und Hoffnung wiedergab.

Mit entflammten Tigeraugen
Tritt er von dem Vater rückwärts;
„Vater,“ spricht er, „Ihr vergesset,
Wer Ihr seyd und wer ich bin.“

„Hätt' ich nicht aus Euren Händen
Meine Waffenwehr empfangen,
Ahndet' ich mit einem Dolche
Die mir jetzt gebotne Schmach.“

Strömend flossen Freudenthränen
Auf die väterlichen Wangen,
„Du,“ sprach er, den Sohn umarmend,
„Du, Rodrigo, bist mein Sohn.“

„Ruhe gibt dein Zorn mir wieder;
Meine Schmerzen heilt dein Unmuth!
Gegen mich nicht, deinen Vater,
Gegen unsres Hauses Feind“

„Hebe sich dein Arm!“ — „Wo ist er?“
Rief Rodrigo, „wer entehret
Unser Haus?“ Er ließ dem Vater
Kaum es zu erzählen Zeit.

2.

Angehört den Schimpf des Hauses,
Geht gedankenvoll Rodrigo,
Denkt an seine jungen Jahre,
Denkt an seines Feindes Macht.

„In Asturiens Gebirgen
Zählet Gormaz tausend Freunde,
Er in Königs Rath der Erste,
Er der Erste in der Schlacht.“

Aber, wenn er die dem Vater
Zugefügte Schmach bedenket,
Was bedeutet alles Andre?
Recht will er vom Himmel nur.

Bravheit ist er seiner Ehre
Schuldig; schadet der die Jugend?
Für sie stirbt aus echtem Stamme
Selbst das neugeborne Kind.

Eilig langet er den Degen
Sich herab, den einst Mudarda
Führte, jener tapfre Bastard;
(Traurig hing der Degen da,

Als ob er, vor Alter rostend,
Seines Herren Tod betraure).
Eh' er noch ihn an sich gürtet,
Redet er den Degen an:

„Dir gesagt sey es, du edler
Degen, daß ein Arm dich fasset,
Gleich des Bastards Arm! und fühlest
Du, daß ihm noch Stärke fehlt;“

„Rückwärts wird er niemals weichen,
Wenn er dich im Kampfe führet;
Edler, du von gutem Stahle,
Doch von besserm ist sein Herz.“

„Werth wird dessen, dem du dientest,
Der seyn, dem fortan du dienest;
Würd' er jemals unwerth deiner,
Nun, so dienst du Keinem mehr.“

„Tief in seine Eingeweide
Birgt er dich . . Hinaus in's Freie!
(Rief er) denn die Stund' ist kommen
Der gerechtsten Rache Zeit.“

Heimlich, daß es niemand wußte,
Ging er aus des Vaters Hause;
Und noch war es keine Stunde,
Traf er seinen stolzen Feind.

3.

Auf dem Platze des Palastes
Traf Rodrigo auf Don Gormaz.
Einzeln, niemand war zugegen,
Redet er den Grafen an:

„Kanntet Ihr, o edler Gormaz,
Mich, den Sohn des Don Diego,
Als Ihr Eure Hand ausstrecktet
Auf sein ehrenwerth Gesicht?“

„Wußtet Ihr, daß Don Diego
Ab von Laynn Calvo stamme?
Daß nichts reiner und nichts edler
Als sein Blut ist und sein Schild?“

„Wußtet Ihr, daß, weil ich lebe,
Ich sein Sohn, kein Mensch auf Erden,
Kaum der mächt'ge Herr des Himmels
Dies ihm thäte, ungestraft?“ —

„Weißt du,“ sprach der stolze Gormaz,
„Was wohl sey des Lebens Hälfte? —
Jüngling!“ „Ja,“ sprach Don Rodrigo,
„Und ich weiß es sehr genau.“

„Eine Hälfte ist, dem Edlen
Ehr' erzeigen, und die andre,
Den Hochmüthigen zu strafen;
Mit dem letzten Tropfen Bluts“

„Abzuthun die angethane
Schande.“ — Als er dies gesagt,
Sah er an den stolzen Grafen,
Der ihm diese Worte sprach:

„Nun, was willst du, rascher Jüngling?“ —
„Deinen Kopf will ich, Graf Gormaz,“
(Sprach der Cid) „ich hab's gelobet!“ —
„Streiche willst du, gutes Kind,“

(Sprach Don Gormaz) „eines Pagen
Streiche hättest du verdient.“
O ihr Heiligen des Himmels!
Wie ward Cid auf dieses Wort!

4.

Thränen rannen, stille Thränen
Rannen auf des Greises Wangen,
Der, an seiner Tafel sitzend,
Alles um sich her vergaß,

Denkend an die Schmach des Hauses,
Denkend an des Sohnes Jugend,
Denkend an des Sohns Gefahren,
Und an seines Feindes Macht.

Den Entehrten flieht die Freude,
Flieht die Zuversicht und Hoffnung;
Alle kehren mit der Ehre
Froh und jugendlich zurück.

ORRIN SMITH SC

Noch versenkt in tiefer Sorge,
Sieht er nicht Rodrigo kommen,
Der, den Degen unterm Arme
Und die Händ' auf seiner Brust,

Lang' ansieht den guten Vater,
Mitleid tief im Herzen fühlend,
Bis er zutritt, ihm die Rechte
Schüttelnd: „Iß, o guter Greis!"

Spricht er, weisend auf die Tafel;
Reicher flossen nun Diego
Seine Thränen: „Du, Rodrigo,
Sprachst du, sprichst du mir dies Wort?"

„Ja, mein Vater! Und erhebet
Euer edles, werthes Antlitz." —
„Ist gerettet unsre Ehre?"
„Edler Vater, er ist todt."

„Setze dich, mein Sohn Rodrigo,
Gerne will ich mit dir speisen.
Wer den Mann erlegen konnte,
Ist der erste seines Stamms."

Weinend knieete Rodrigo,
Küssend seines Vaters Hände;
Weinend küßte Don Diego
Seines Sohnes Angesicht.

5.

Heulen und Geschrei und Rufen,
Rossetritt' und Menschenstimmen,
Mit Geräusch der Waffen tönte
Zu Burgos vor Königs Hof.

Niederstieg aus seiner Kammer
Don Fernando, Er, der König;
Alle Großen seines Hofes
Folgten ihm bis an das Thor.

Vor dem Thore stand Ximene,
Aufgelös't das Haar in Trauer;
Und in bittern Thränen schwimmend,
Sank sie zu des Königs Knie.

Gegenseits kam Don Diego
Mit dreihundert edlen Männern,
Unter ihnen Don Rodrigo,
Er, der stolze Castellaner.
Auf Maulthieren ritten Alle;
Er allein auf einem Roß.
Bisamhandschuh trugen Alle,
Er allein den Reiterhandschuh;
Alle reich in Gold und Seide,
Er allein in Waffenwehr.

Und das Volk, den Zug ersehend,
Und der Hof, als an sie kamen,
Alle riefen: „Schaut den Knaben,
Der den tapfern Gormaz schlug.“

Rings umher sah Don Rodrigo,
Ernst und fest: „Ist Euer Einer,
Den des Grafen Tod beleidigt,
Freund, Verwandter, wer er ist;“

„Sey's zu Fuße, sey's zu Rosse,
Stell' er sich.“ Sie riefen Alle:
„Dir mag sich der Teufel stellen,
Er nur, wenn es ihm beliebt.“

Ab von ihren Mäulern stiegen
Die dreihundert edlen Knappen,

Ihres Königs Hand zu küssen;
Sitzen blieb auf seinem Roß

Don Rodrigo. „Steige nieder,
Sohn Rodrigo," sprach der Vater,
„Deines Königs Hand zu küssen." —
„Wenn Ihr es befehlt, o Vater,
Eurenthalben thu' ich's gern."

6.

Mit zerriss'nem Trauerschleier
Sprach Ximene jetzt zum König:
(Thränen schwollen ihre Augen,
Wie war sie in Thränen schön!

Schön, wie die bethaute Rose,
Glänzte sie in ihren Thränen;
Schöner blühten ihre Wangen,
Glühend in gerechtem Schmerz.

Ihre Worte singt der Sänger,
Doch nicht ihre Blick' und Seufzer.)
„König," sprach sie, „edler König,
Schaffe mir Gerechtigkeit."

„Er erstach mir meinen Vater,
Er erstach ihn, eine Schlange.
Meinen Vater, der, o König,
Denk' es, dir dein Reich beschützt'!"

„Meinen Vater, der von Helden
Stammte, die mit ihren Fahnen
Einst Pelagius, dem ersten
Christenkönig, folgeten."

„Meinen Vater, der den Christen-
Glauben selbst mit Macht beschirmte,
Ihn, das Schrecken des Almanzors,
Ihn, der Ehre deines Reiches
Ersten Sproß, in deiner Krone,
Ihn, den ersten Edelstein.“

„Recht nur fleh' ich, nicht Erbarmen;
Recht muß beistehn jedem Schwachen,
Unwerth ist ein ungerechter
Fürst, daß ihm der Edle diene,
Daß die Königin ihn liebe,
Keines ihrer Küsse werth.“

„Und du wildes Thier, Rodrigo,
Auf! durchbohr' auch diesen Busen,
Den ich hier in tiefster Trauer
Dir eröffne. Mord' auch mich!“

„Warum nicht die Tochter tödten,
Der du ihren Vater raubtest?
Warum nicht die Feindin morden,
Die dir's jetzt und ewig seyn wird?
Rache fordert sie des Himmels,
Und der ganzen Erde Rache,
Gegen dich!“ — Rodrigo schwieg.

Und des Rosses Zaum ergreifend,
Kehret langsam er den Rücken
Allen Feldherrn, allen Kriegern;
Wartend, ob ihm Einer folge;
Aber Keiner folget' ihm.

Als Ximene dieses sahe,
Rief sie lauter noch und lauter:
„Rache, Krieger, blut'ge Rache,
Ich selbst bin des Rächers Preis!"

7.

An der Tafel saß Fernando,
Zu Burgos im Königs-Palast,
Als Ximene tief in Trauer
Und in Thränen vor ihm kniete.

Mit bescheidener Geberde
Sprach sie jammernd diese Worte:
„König, eine arme Waise,
Komm' ich suchend Euren Schutz.“

„Eben starb auch meine Mutter,
Gramvoll, die mir unsres Hauses
Schmähung nachließ; denn der Mörder
Unsres Hauses lebet noch.“

„Täglich darf er sich mir zeigen,
Der großsinnig-stolze Lainez,

Reitet täglich mir vor Augen,
Seinen Falken auf der Hand,"

„Der mir meine Tauben würget,
Alt und jung. Schau her, o König,
Sieh das Blut auf meiner Schürze,
Meiner jüngsten Taube Blut."

„Oft hab' ich's ihm untersaget;
Und was gab er mir für Antwort?
Lies, o König. Diese Zeilen
Sandt' er heute mir zum Hohn:"

An Donna Ximena.

Du klagest, Einzige, Verehrte, Schöne,
Ximene,
Daß täglich Dir mein Falk die Tauben
Komme zu rauben.
Sein Herr begleitet ihn —
O dürft' er kühn
Die Einmal sehn, der auf so harte Art
Vom Schicksal und vom Falk er angemeldet ward.

Als der König dies gelesen,
Stand er auf von seiner Tafel,
Schrieb sofort an Don Diego,
Heimlich sandt' er ihm den Brief.

Wissen will den vollen Inhalt
Don Rodrigo. „Nein! bei Gott nicht!
Und bei seiner heil'gen Mutter!
(Sprach er) lass' ich Euch, o Vater,
Euch allein nach Hofe ziehn."

8.

Eingefallen in Castiljen
Waren Könige der Mauren
Fünf. Verwüstung, Lärm und Feuer,
Mord und Tod zog ihnen vor.

Ueber Burgos schon hinüber,
Montes d'Oca, Belsorado,
San Domingo und Naxara
Steht verheeret alles Land.

Weggetrieben werden Heerden,
Schafe, Christen, Christenkinder,
Männer, Weiber, Knaben, Mädchen;
Jene weinen, diese fragen:
„Mutter, wohin ziehen wir?"

Ruhmreich sammlen schon die Mauren
Ihren Raub, zurückzukehren;
Denn Niemand begegnet ihnen,
Niemand, auch der König nicht.

Zu Vivar auf seinem Schlosse
Hörte diese Noth Rodrigo;
Noch war er nicht zwanzig Jahre,
Doch an Muth war er ein Mann.

Auf sein Roß, es hieß Babieça,
Stieg er, wie hoch in den Wolken
Gott auf seinen Donnerwagen,
Und durchrannte rings das Land.

Die Vasallen seines Vaters
Bot er auf; sie waren alle
Angelangt zu Montes d'Oca
Und erwarten ihren Feind.

Guter Himmel! von den Mauren
Zog fortan nicht Einer weiter —
Aber die geraubten Heerden,
Männer, Weiber, Christenkinder,
Alle ziehen ihres Weges
Froh und frei. Die fünf gefangnen
Mohrenkönige — dem König
Don Fernando schickt Rodrigo
Die Gefangnen zum Geschenk.

9.

Auf dem Throne saß Fernando,
Seiner Unterthanen Klagen
Anzuhören und zu richten.
Strafend den und Jenen lohnend;
Denn kein Volk thut seine Pflichten
Ohne Straf' und ohne Lohn.

Als mit langer Trauerschleppe,
Von dreihundert edlen Knappen
Still begleitet, ehrerbietig
Vor den Thron Ximene trat.

Auf des Thrones tiefste Stufe
Kniete sie demüthig nieder,
Tochter sie des Grafen Gormaz,
Hob sie so zu klagen an:

„Sechs Monate sind es heute,
Sechs Monate, großer König,
Seit von eines jungen Kriegers
Hand mein edler Vater fiel.“

„Viermal kniet' ich Euch zu Füßen,
Viermal gabt Ihr, großer König,
Euer Wort mir, mir zusagend
Rächende Gerechtigkeit.“

„Noch ist sie mir nicht geworden;
Jung und frech und übermüthig
Spottet Eurer Reichsgesetze
Don Rodrigo von Vivar.“

„Und Ihr schützt ihn, edler König,
Ihr; denn wer von Euren Männern
Seiner sich bemächtigt hätte,
Uebel wär' es ihm gelohnt.“

„Gute Kön'ge sind auf Erden
Gottes Bild. Die ungerechten
Sind undankbar ihren treuen
Dienern, nähren Factionen,
Haß, Verfolgung, ew'ge Feindschaft,
Seufzer und Verzweifelung.“

„Denkt daran, o großer König,
Und verzeihet einer Waise,
Der die Klag' auf ihren Lippen
Schmerzlich Euch ein Vorwurf wird.“

„Was Ihr spracht, sey Euch verziehen,"
Sprach der König; „doch, Ximene,
G'nug geredet und nicht weiter.
Euch erhalt' ich den Rodrigo;
Wie um seinen Tod Ihr jetzo,
Werdet bald Ihr um sein Leben
Und um seine Wohlfahrt flehn."

10.

Nie erscholl ein Ruhm gerechter,
Größer nie, als Don Rodrigo's:
Denn fünf Könige der Mauren,
Mauren aus der Moreria,
Waren ihm Gefangene.

Und nachdem er mit Vereidung
In Vasallenpflicht und Zinspflicht
Sie genommen, sandt' er alle
Wieder in ihr Land zurück.

Als nach sieben langen Jahren
(Nie wär' er von ihr gewichen),
Don Fernando jetzt die feste
Stadt Coimbra, fest durch Mauern
Und durch Thürme, überwand;

Weihet' er der Mutter Gottes
Die prachtvollste der Moscheen;
Hier in diesem heil'gen Tempel
Hielt Rodrigo Ritterwacht.

Hier mit eignen Königshänden
Gürtet ihm das Schwert der König,
Und die Königin, sie führet
Selber ihm den Zelter zu.

Die Infantin, Donna Uraka,
Schnallt ihm an die goldnen Sporen:
„Mutter," sprach sie, „welch ein Ritter!
Einen schönern sah ich nie!"

„Glücklich ist das Bauermädchen,
Die ihn ohne Scheu des Vorwurfs
Unanständig niedrer Sitte
Lang' anschauen nach Gefallen,
Ohne Scheu ihn sehen darf.
Glücklicher ist die Gemahlin,
Die ihm zuführt seine Mutter,
Ihm, dem Schönsten, den ich sah."

Also sprach die Königstochter,
Doch nicht mit der Rosenlippe;
Tief nur im verschwiegnen Busen
Sprach also ihr stilles Herz.

11.*

Edler Ritter, Don Rodrigo,
Jung und kühn und klug und tapfer,
Strafe dich mit Schmach der Himmel,
Daß du mir mein Herz bekämpft!
Kühner! ohne zu bedenken,
Wer du bist und wer ich bin."

Daß du eine Stadt bezwungen,
Daß fünf Könige der Mauren
Du in deine Fesseln zwangest,
Daß den stolzen Grafen Gormaz
Du in früher Jugend schlugest —
Macht dich dieses so verwegen?
Welcher Spanier, o Ritter,
Thät es nicht? und wohl noch mehr!"

„Edel zwar bist du geboren,
Auszuüben schöne Thaten:
Dem, der einzig seine Pflicht thut,
Dem ist keinen Dank man schuldig;
Und gebührt es dir, so wisse,
Diese Pflicht ist nicht die meine:
Sie ist meines Vaters Pflicht."

* Die Infantin Donna Uraka spricht hier.

„Wenn ein Mangel an Vermögen
Mich dir anzunähern scheinet,
Mich, die meine Königs-Abkunft
Ueber dich so hoch erhebt:
O so wisse, Königstöchter
Sind deßwegen arm an Gütern,
Weil der Adel ihres Stammes
Ihnen mehr als Reichthum gilt.
Armuth ist an mir kein Flecke,
Sie ist meiner Hoheit Ruhm.“

„Reich, das weiß ich, ist Ximene,
Darum ist's, daß du sie liebest;
Nein! nicht darum: denn, Rodrigo,
Unrecht will ich dir nicht thun.
Sie auch liebt dich. — Nun, so liebet!
Mir macht es den kleinsten Kummer,
Daß der Cid Ximenen liebt.“

„Eines reichen Grafen Tochter
Gnüge dir, du kleiner Ritter;
Ich bin arm — bedarf ein edler
Diamant, bedarf er Gold?“

„Schön bist du, wie einst Narcissus.
Weise: Salomon war weiser.
Edel: deren gibt es Viele.
Tapfer: Spanien erziehet

Keine Memme, Don Rodrigo.
Reich: das sind so viele Narren.
Weit berühmt: das waren Viele,
Mehr als du, und starben dennoch
Eingehüllet in die Tücher
Menschlicher Vergessenheit."

„Ritter, wenn dein eigner Spiegel
Dir nur deine Schönheit vorhält,
So tritt her vor meinen Spiegel,
Er erniedert deinen Stolz.
Geh dann hin zu Deinesgleichen,
Ritter, eine Königstochter
Blicke nur mit Ehrfurcht an."

Also sprach die eifersücht'ge
Königstochter, Donna Uraka;
Und der Cid, er stand und schwieg.
Denn sie liebt' ihn tief im Herzen;
Und als sie nun ausgeredet,
Fuhr sie fort mit ihrer Nadel
Ihm zu näh'n die schönste Schärpe,
Die er — nicht begehrete.

12.

In dem blüh'nden Ostermonat,
Da die Erde neu sich kleidet,
Da die weiß behaarte Mutter
Sich wie eine Fee. verwandelt,
In die schönste junge Nymphe,

Da lustwandelte der König
Von Castiljen, Don Fernando,
Er mit seinem ganzen Hofe
Vor Burgos im schönen Thal.

Und von seinem ganzen Hofe
Nahm er keinen als Rodrigo
Hin zu einer Silberquelle,
Glänzend schöner als Krystall;

Mit ihm sprach er an der Quelle;
Aller Augen sah'n ihn sprechen,
Aber Keines Ohr vernahm,
Was zu Cid der König sprach.

Dies sprach er: „Ich lieb' Euch, Ritter,
Jung seyd Ihr und brav und tapfer;
Aber noch nicht welterfahren,
Und am wenigsten versteht Ihr
Euch auf's weibliche Geschlecht."

„Alle wollen sie regieren,
Und regieren denn auch wirklich;
Leider wir sind nur ihr Werkzeug:
Unsre männlichsten Gedanken,
Oft zerstörte sie — ein Weib."

„Gleich als hätte Gott zuletzt noch
In sein schönes Haus, die Schöpfung,
Deßhalb nur die Frau geführet,
Daß durch sie und für sie Alles,
Alles je geschehen sollte,
Sonder Schein, daß sie es thut."

„Junger Mann, die Frauen kennen
Ist dir nützlich; dieses Wissen
Uebersteiget jedes andre;
Doch zu weithin — forsche nicht."

„Dir sonst könnt' es auch so gehen,
Wie dort jenem alten Weisen:
Weil er ihn nicht fassen konnte,
Stürzet er sich in den Schlund."

„Das Geheimniß ist — der Weiber
Macht auf unsre Männerherzen.
Dies Geheimniß steckt in ihnen
Tief verborgen, Gott dem Herren,
Glaub' ich, selber unerforschlich.
Wenn an jenem großen Tage,
Der einst aufsucht alle Fehle,
Gott der Weiber Herzen sichtet,
Findet er entweder alle
Sträflich oder gleich unschuldig;
So verflochten ist ihr Herz.

„Ungeheu'r ist die Entfernung
Zwischen einem Mann und Mädchen,
Und durchaus zum Vortheil dieser;
Junger Mann, weißt du warum?"

„Darum! Männer gehen vorwärts;
Und das Weib — es sieht sie kommen.
Er veranschlagt; sie begegnet
Seinen Planen — weißt du wie?"

„Sieh dort jenen leichten Vogel,
Der von Zweig zu Zweige hüpfet,
Necken wird er lang den Jäger,
Der ihm folget Schritt vor Schritt."

„Vor dem Angesicht des Eigners
Wird er seine schönsten Früchte
Naschen, weil er ohne Waffen
Ihn da vor sich stehen sieht;
Und was haben gegen Weiber
Wir, die Männer, wohl für Waffen?
Deßhalb dann regieren sie."

„Und hiebei ist keine Ausnahm',
Jede gleicht hierin der Andern.
Junger Mann, der Weisheit Regel
Räth, sich zu vermählen — nie."

Also sprach zu Cid der König,
Der dadurch ihn prüfen wollte;
Hört, was er antwortete.

13.

An dem Rand der Silberquelle,
Als der König ausgesprochen,
Nahm der Cid also das Wort:

„Freilich bin ich jung, o König,
Für die Regeln alter Weisheit;
Aber das Gesetz der Ehre
Zu verstehen, nicht zu jung.“

„Denn aus gutem Blut erzeuget,
Und genährt in guter Schule,
Spricht die Ehre mir: erhalten
Muß ein Edler sein Geschlecht;“

„Muß dem Vaterlande dienen,
Muß in Rath und That dem Herren
Hold und treu seyn und gewärtig,
Muß ihm beistehn mit Gewicht.“

„Dazu also einen Namen,
Einen hohen Baum sich pflanzen,
In deß Schatten auch der Fremde
Ruh' und Schutz und Rettung sucht.“

„Muß der Kirche, muß dem Staate
Kinder geben, die ihm gleichen;
Dieß ist mein Gesetz der Ehre,
Das Vermählung mir gebeut.“

„Wer das heil'ge Band der Ehe
Flieht, o König, der verläugnet
Feige, wie ein Ueberläufer,
Väter und Religion.“

„Er zerreißt den Zaum der Ehre,
Trennt das Band, das ihn an Menschen,
Das an sein Geschlecht ihn knüpfet
Und an andere Geschlechter;
Dafür wird er hart gestraft.

„Den entlaufenen Verächter
Straft Verachtung aller Edeln;

Jedermann erscheint er nutzlos,
Und unwürdig seines Stammes. —"

„Was das Regiment der Frauen
Anbetrifft, o großer König,
So ist meine Meinung dies:"

„Sie regieren wie die Diener
Ueber fehlerhafte Herren.
Wer zur Decke seiner Mängel
Ihrer nicht vonnöthen hat,
Gegen eine Welt von Feinden
Ist er stark und stehet sicher.
Sonderlich im Punkt der Ehre
Gab kein Weib dem Mann Gesetze;
Durft' auch nie ihm solche geben;
Das Vergnügen ist ihr Feld."

„Und da mögen sie regieren.
Sie verstehn darauf sich besser,
Besser, dünkt mich, als die Männer —
Dies ist meine Meinung, Herr."

„Und was anlangt ihre Gleichheit,
Unterwerf' ich mich der Meinung
Meines Lehnherrn. Alle taugen
Nicht, sobald der Mann nicht taugt."

„Also nehm' ich's gegen Alle
Auf, zu Roß und auch zu Fuße;
Nur behaupt' ich, jedes Weibes
Fehler ist des Mannes Schuld.“

„Eine Bitte noch, o König,
Vor dem Ende des Gespräches:
Zur Vermählung mit Ximenen,
Waise jetzt des Grafen Gormaz,
Bitt' aus königlicher Gnade
Ich mir die Bewilligung.“

An dem Rand der Silberquelle
Gingen jetzt sie auseinander,
Don Fernando und der Cid.

14.

Rodrigo.

In der stillen Mitternacht,
Wo nur Schmerz und Liebe wacht,
Nah' ich mich hier,
Weinende Ximene —
Trockne deine Thräne! —
Zu dir.

Ximene.

In der dunkeln Mitternacht,
Wo mein tiefster Schmerz erwacht,
Wer nahet mir?

Rodrigo.

Vielleicht belauscht uns hier
Ein uns feindselig Ohr:
Eröffne mir —

Ximene.

Dem Ungenannten,
Dem Unbekannten
Eröffnet sich zu Mitternacht
Kein Thor.
Enthülle dich;
Wer bist du, sprich!

Rodrigo.

Verwaisete Ximene,
Du kennest mich.

Ximene.

Rodrigo, ja ich kenne dich;
Du Stifter meiner Thränen,
Der meinem Stamm sein edles Haupt,
Der meinen Vater mir geraubt —

Rodrigo.

Die Ehre that's, nicht ich. Die Liebe will's versöhnen.

Ximene.

Entferne dich! unheilbar ist mein Schmerz.

Rodrigo.

So schenk', o schenke mir dein Herz;
Ich will es heilen.

Ximene.

Wie? zwischen dir und meinem Vater, ihm
Mein Herz zu theilen? —

Rodrigo.

Unendlich ist der Liebe Macht.

Ximene.

Rodrigo, gute Nacht.

15.

Als der König, Don Fernando,
Von Rodrigo und Ximenen
Beider Wort und Treu' empfangen,
Zu vergessen allen Haß,

Und deßhalb sich vor dem guten
Frommen Bischof Luyn Calvo
Zu vermählen — denn die Liebe,
Sie allein verzeihet ganz —

Gab er, um den Cid Ximenen
Gleichzumachen an Vermögen:
Valduerna und Saldana,
Belforado und San Pedro
De Cordona gab er ihm.

Herrlich ging am Hochzeittage
Auf die Sonne. Don Rodrigo,
Abgelegt die Waffenrüstung,
Kleidet sich mit seinen Brüdern
Hochzeitlich und fröhlich an.

Aecht Walloner Pantalone,
Mit Scharlach gezackte Schuhe,
Fein an Leder; zween Stifte
Hefteten sie fest und enge
An den kleinen netten Fuß.

Jetzo zog er an die Weste,
Eng' anliegend, ohne Borten;
Dann die schwarze Atlas-Jacke,
Wohlgepufft, mit weiten Aermeln
(Wenig hatte sie sein Vater
Nur getragen). Auf den Atlas
Fiel von ausgezacktem Leder,
Breit anständig, das Collet.

Und ein Netz von goldnen Fäden,
Eingewirkt in grüne Seide,
Schloß sein Haar ein. Auf dem Hute,
Von Cortrayer feinem Tuche,
Hob sich eine Hahnenfeder
Wunderbarlich hoch und roth.

Schönbefranzt bis auf die Hüfte
Reichet ihm die Jazerine;
Und um seine Schultern spielet
Ausgeplüscht ein Hermelin.

Und der unverzagte Degen,
Tizonada war sein Name,
Er der Schrecken aller Mauren,
Hängt in schwarzen Sammetbändern
An dem festen tapfern Gurt.
Ausgezackt, gefaßt mit Silber,
War der Gurt; ein feines Schnupftuch
Wohlgefaltet hing an ihm.

So gekleidet, ging der edle
Cid, begleitet von den Brüdern,
Hin zum weiten Kirchenplatz,
Wo der König und der Bischof
Und die Herrn des Hofes alle
Mit Ximenen ihn erwarten,
Mit Ximenen, seiner Braut.

Sittsam stand sie da, Ximene,
Von elastisch feiner Leinwand
Puffte ihre Flügelhaube;
Von dem feinsten Londner Tuche,
Wohl garnirt, war ihre Kleidung,

Die von Schultern zu den Füßen
Barg und zeigte ihren Wuchs.
Auf zwei rosigen Pantoffeln
Stand als Königin sie da.

Ihren Hals umschlang ein Halsband;
An ihm hingen acht Medaillen,
Einer Stadt an Werthe gleich:
Und die reichste unter ihnen,
Den Sanct Michael darstellend,
Schwer von Perlen und Juwelen,
Hing Ximenen an der Brust.

So begaben die Verlobten
Zum Altar sich; vor'm Altare,
Eh' der Braut die Hand er reichte,
Sah er mit dem Blick der Liebe
Und sprach zu ihr, tiefbeschämt:

„Fräulein, einen Mann von Ehre
Leider hab' ich Euch getödtet:
Denn es wollt' es Ehr' und Pflicht.
Diesen Mann geb' ich Euch wieder,
Und was Ihr mit ihm verloret,
Vater, Freund, Verwandte, Diener,
Alles geb' ich Euch, mit Allem
Mich Euch, Euren Ehgemahl."

Auszog er den kühnen Degen
Vor'm Altare, kehrt' zum Himmel
Seine Spitze: „Mich zu strafen,“
Sprach er, „diene dieser da,
Wenn mein Lebenlang den Eidschwur
Ich verletze: Euch zu lieben,
Und Euch Alles zu ersetzen,
Wie ich Euch vor Gott gelobt. —
Und nun auf, mein guter Onkel,
Luyn Calvo, segnet uns!“

16.

Vom Altar und aus der Kirche
Zog die Hochzeitfeier prächtig,
Don Rodrigo und Ximene.
Stattlich an Ximenens Seite
Ging der König, der Vermählten
Vormund; an Rodrigo's Seite

Ging der fromme gute Bischof;
Dann der Herren langer Zug.

Wohl durch einen Ehrenbogen
Ging der Zug hin zum Palaste.
Ausgehängt aus allen Fenstern
Hingen, goldgestickt, Tapeten,
Und den Boden deckten Zweige,
Frische Kräuter, Rosmarin.

Auf den Straßen, auf den Gassen
Längs hinan bis zum Palaste
Tönet in getrennten Chören,
Unter Saitenspiel und Cymbeln,
Glückwunsch, Freud' und Lustgesang.

Alvar Fanez (unter allen
Freunden Cids ihm stets der Erste),
Jetzt von Dienern reich begleitet,
Und geschmückt mit schönen Hörnern,
Zeigt er prächtig sich als Stier.

Antolin auf einem Esel,
Ihn gleich einem Rosse tummelnd;
Martin Pelaez mit Blasen
Voller Erbsen, die er auswarf,
Allem Volk zur lauten Lust.

Herzlich lacht' darob der König,
Gab dem Pagen, der den Damen
Zum Erschreck den Teufel spielte,
Eine Handvoll Maravedi's,
Auszuwerfen unter's Volk.

Also führete der König
Sich zur rechten Hand Ximenen;
Und die Königin empfing sie,
Hinter ihr die Herrn vom Hofe;
Froh und freier war der Zug.

Weizen warf man aus den Fenstern,
Daß der Hut des Königs selber,
Daß Ximenens Busenkrause
Dicht und voll von Weizen lag.
Korn nach Körnchen las der König
Selbst ihn aus Ximenens Krause
Vor der Kön'gin Angesicht.

Alvar Fanez, der es ansah,
Rief als Stier: „Wohl möcht' ich lieber
Statt des Kopfes meines Königs
Jetzt besitzen seine Hand."
„Gebt ihm einen Korb voll Weizen,"
Sprach der König, „und Ximene,
Angelanget im Palaste,
Ihr umarmt ihn für den Scherz."

Aber von Ximenens Seele
War das taumelnde Gelächter
Weit entfernt; sie ist zu glücklich,
Als daß sie sich lustig zeige.
Mehr spricht ihr gerührtes Schweigen,
Als die lautste Fröhlichkeit.

17.

Zu dem hochverehrten Sitze
Pedro's, den der Bischof Victor
Damals einnahm, trat der Deutschen
Kaiser (Heinrich war sein Name),
Klagend trat er so vor ihn:

„Gegen König Don Fernando
Von Leon und von Castiljen,
Heil'ger Vater, klag' ich hier.
Jede Christenmacht erkennet
Mich für ihren Herrn und Kaiser;
Er verweigert mir die Ehre,
Er verweigert uns Tribut."

„Zwingt ihn dazu, heil'ger Vater,
Zu Erhaltung, wie des Glaubens,
So auch unsrer beider Reich'."

Drohende Befehle sandte
Victor jetzt zu Don Fernando,
Einen Kreuzzug ihm ankündend,
Wenn er nicht dem heil'gen Stuhle
Und dem Kaiserthum der Deutschen
Ehr' und Gaben willigte.

Lange stand Castiljens König
In Gedanken; wohl erwägend,
Wenn die Sache fürder schritte,
Die Gefahren seines Reichs.
Alle riethen nachzugeben,
Nachzugeben größrer Macht.

Nur der Cid (er war abwesend;
In der ersten Zeit der Liebe
Schlummernd an Ximenens Brust)
Aber als er von der Botschaft
Und von Königs Rath gehöret,
Eilt' er und sprach zu ihm so:

„Ach zum Unglück Eures Reiches
Wäret Ihr geboren, König,
Wenn, so lang' Ihr lebt, ein Andrer
Hier geböt' in Eurem Reich!“

„Nimmermehr soll es geschehen;
So lang' Ihr lebt und ich lebe.
Denn, o König, jede Ehre,

Die Euch Gott gab, zu erhalten,
Ist uns, Euern Dienern, Pflicht;
Wer Euch anders rieth, o König,
Rieth Euch sonder Ueberlegung,
Und vermindert Euren Ruhm.
Fordert sie heraus, die Droher,
Die Ausfordrung ist des Königs;
Die Ausführung ist des Kriegers;
Fordert sie; ich nehm' es auf."

„Denkt, o König, und bedenket,
Wir erwarben Euch Castiljen,
Wir mit Ehre, Gut und Blut;
Eher gäb' ich auch mein Leben
Hin, eh' diese fremden Wespen
Zehren sollen unsre Beute,
Ernten unsrer Siege Frucht.
Denn, o König, gebt Ihr ihnen
Etwas, o so bleibt Euch — Nichts."

Und so führt der unverzagte
Cid zehntausend wackre Männer
Durch die Alpen hin ins Feld.
Ihm entgegen zog Graf Raimond
Von Savoyn, mit vielen Rossen;
Doch der Cid, er schlug den Grafen,
Macht' ihn selber zum Gefang'nen,
Und nur gegen seiner Tochter
Geiselschaft gab er ihn los.

Auf der Welt das schönste Fräulein,
Ward sie Königes Geliebte,
Und der Sohn, den sie erzeugten,
Ward der Kirche Cardinal.

Auch der König der Franzosen
Sandt' dem Cid ein Heer entgegen,
Das er schnell zerstreuete;
Da er dann mit seinen Tapfern
In Italien also waltet,
Daß in Eile Papst und Kaiser,
Beide des Tributs vergessend,
Botschaft senden zu Fernando,
Nur den Cid hinwegzuziehn.

Und so kehrete der Feldherr
Stolz zurück mit seinen Tapfern.
Seine königliche Rechte
Reicht ihm dankend Don Fernando;
O wie war der Cid so fröhlich
Ueber seines Königs Dank!

18.

Gen Zamora, wo der König
Eben Hof hielt mit den Edeln,
Kamen maurische Gesandte
Zum Rodrigo von Vivar.

Von fünf Königen der Mauren,
Die er einst in Pflicht genommen,
Waren sie die Abgesandten,
Ihm zu reichen den Tribut.

Hundert Pferd' Araberstämmes,
Edle Rosse, drunter zwanzig
Weiße, zart wie Hermelin,
Zwanzig apfelfarbne graue,
Dreißig rothe, dreißig braune,
Allesammt mit reichen Decken
Ueberlegt und stolz gezäumt.

Für Donna Ximena brachten
Reichen Schmuck sie an Juwelen,
Zwei kostbare Hyacinthen;
Auch zwei Kisten Seidenstoffe,
Ihren Knappen zur Livrei.

Ehrerbietig, wie Vasallen,
Naheten sie ihrem Lehnherrn,
Nannten ihn Gebieter Cid.
„Freunde," sprach der Cid, „Ihr irret,
Wo mein Herr, der König, Hof hält,
Bin ich selber ein Vasall.
Der Tribut, den Ihr mir bringet,
Er gehöret meinem Herrn."

„Sagt," erwiederte der König,
„Euren Herren, daß ihr Lehnherr
Kein Monarch zwar sey, doch leb' er
Mit Monarchen. Ich besitze
Nichts, was ich nicht Ihm verdanke,
Meinem Feldherrn, Eurem Cid."

Also kehrten die Gesandten
Rückwärts, ohne recht zu wissen,
Wer Vasall und König sey.

19.

Sehnlich wartete Ximene
In den Sälen ihres Palasts,
Sehnlich harrt' sie auf Rodrigo:
Denn die Stunde der Entbindung
Naht, die grausamsüße Stunde;
Ihres Lebens, wie sie hoffet,
Freudenreichster Augenblick.

Eines Morgens (es war Sonntag),
Meldeten sich ihr die Schmerzen,
Und es badet sich in Thränen
Ihr bescheidnes Angesicht.
Seufzend nimmt sie ihre Feder,
Manche, manche zarte Klage,
Mehr als tausend liebevolle
Bitten schreibt sie dem Gemahl,
Den sie wohl erweichen könnten,
Wenn die Ehre nicht in Felsen
Wandelte der Helden Herz.

Nochmals nimmt sie jetzt die Feder,
Und mit neuer Klag' und Seufzen
Schreibt sie auch an ihren König,
An den edelsten der Welt:

„Guter, weiser, großer König,
Sieghaft und gerecht und bieder,
Eure Dienerin Ximene
Klaget vor Euch, über Euch.“

„Scherz nur war es, Don Fernando,
Eurer königlichen Laune,
Die mir den Gemahl einst gab.
Denn wohl wenig junge Frauen
Waren weniger vermählet,
Als ich bin; verzeiht, o König,
Und allein durch Eure Schuld.“

„Diesen Brief schreib' ich in Burgos,
Wo mein Leben ich verwünsche
Und auch Euch viel Böses will;
Denn von den Geboten Gottes,
Welches gibt Euch Recht, o König,
Ehgenossen also lange
Sie zu trennen und so oft?“

„Welches gibt Euch Macht, o König,
Mir aus einem zarten Manne,
Artig, liebenswerth, bezaubernd,
Aller Welt zum wüsten Schrecken,
Einen Löwen zu erziehn?“

„Sechs Monate, Tag' und Nächte,
Haltet Ihr ihn fest im Zügel;

Und wohl Einmal kaum im Jahre
Sieht er seine Gattin, mich."

„Und wie kommt er? Blutgebadet,
Bis zu Füßen seines Pferdes;
Wenn ich dann mit meinen Armen
Ihn umfange, schläft er ein;"

„Träumet, wie ein Wildbesessner,
Schlachten, Kämpfe. Kaum noch taget
An dem Firmamente drunten
Der Aurora frühster Strahl,"

„Ohne mich nur anzuschauen;
Ob ich wache, ob ich schlafe,
Springt er auf. Mit welchen Thränen,
Großer Gott, empfing ich ihn!
Vater wollt' er mir und Alles,
Vater und Gemahl mir seyn!
Alles fehlet der Verlassnen
Jetzo, Vater und Gemahl."

„Thut Ihr dies, um ihn zu ehren,
König, deß bedarf er nicht.
Längst war er der Vielberühmte;
Eh' am Kinn der Bart ihm sproßte,
Waren Könige der Mauren
Fünf ihm schon Gefangene."

„Königlicher Herr, den letzten
Augenblick erwart' ich bald;
Bald wird er Euch Nachricht geben —
Und ich fürchte fast, die Thränen,
Die dem Vater ich vergossen,
Schadeten vielleicht dem Kinde,
Das an meinem Herzen schläft."

„Guter König, also schreibet
Mir in Eures Herzens Sprache,
Wollt Ihr den Gemahl mir senden?
Oder wollt Ihr, daß die Gattin
Eures ehrenvollsten Feldherrn
Ihm den Erstgebornen bringe,
Einen Waisen, vaterlos?"

Nachschrift.

„Und noch Eins, o guter König,
Werfet meinen Brief in's Feuer,
Daß nicht Eurer Höfling' einer
Ihn belache! Denkt daran."

„Und auch daran, Don Fernando,
Daß, statt meines Ehgemahles,
Mir nur seine alte Mutter
Blieb, die mir zur Seite schläft."

20.

Zehn Uhr wars am frühen Morgen,
Als der König seinen Schreiber
Rief und forderte Papier.
Mit vier Punkten und dem Zuge
Paraphirt er Kreuz und Namen,
Und also antwortet er:

„Edle, sittsame Ximene,
Meinen Gruß Euch ehrerbietig,
Meine Hochachtung und Gunst!“

„Ihr beklagt um den Gemahl Euch
Gegen mich, Donna Ximene;
Wenn ich ihn zum Nachtheil Eurer,
Mir zur Lust zurückbehielte,
Klagtet Ihr mit vollem Recht.
Aber da die Heidenkriege,
Die auf meinen Gränzen stürmen,
Ihn rückhalten, ist es meine,
Oder ist es seine Schuld?“

„Daß er nicht in Euren Armen
Stets geschlafen, dies beweiset,
Edle Donna, Euer Brief.
Also glaub' ich auch der Furcht nicht,

Daß Ihr einen vaterlosen
Säugling in dem Schoße tragt.“

„Drängt ihn nicht, zurückzukommen,
Euren Ehgemahl; er hörte,
Auch an Eurer Seite hört' er
Mit Unlust die Kriegsschalmei.
Und wenn er nicht Feldherr wäre,
Saget mir, was wär't ihr Beide?
Edelmann und Edelfrau.“

„Hatt' er Könige der Mauren
Fünf als Jüngling zu Vasallen;
Wollte Gott, er hätte deren
Fünfmal fünf: denn um so minder
Hätte Feinde jetzt mein Reich.“

„Kann er also nicht, Ximene,
Bei Euch seyn im Augenblicke,
Wo Ihr ihn so sehnlich wünscht:
So erlaubt mir, edle Mutter,
Daß ich seinen Platz vertrete;
Denn ich glaub' es, nur der König
Ist für ihn des Platzes werth.“

„Euern Brief sollt' ich verbrennen?
Sehen sollen ihn die Lacher
Meines Hofes, tiefbeschämt.

Daß Ihr meinen nicht verbrennet,
Zeichne ich ihn zum Contracte,
Und verbinde mich, Ximene,
Ist's ein Sohn, den Ihr gebäret,
Geb' ich Zelter ihm und Degen,
Mit zweitausend Maravedis,
Ihm, dem Ritter, zum Geschenk.
Ist es eine Tochter, setz' ich
Vierzig Mark an gutem Silber,
Vom Geburtstag an, ihr aus."

„Und so lebet wohl, Ximene!
In der Stunde Eurer Schmerzen
Helf' Euch die hülfreiche Mutter,
Aller Himmel Königin!

Nachschrift.

„Eben kommt, ich hör' ihn kommen,
Euer ernster, lauter Feldherr,
Mir die Lection zu lesen,
Daß ich nicht zu Felde bin."

21.

Ehren, Glück und Macht und Güter,
Aller Ruhm und Pracht der Erde,
Eine leichte Wasserblase
Seyd ihr, auf dem Lüftchen schwebend
Einen kurzen Augenblick.

Don Fernando, er, der Große
(Und mit Recht so zubenannt),
Spaniens Monarch und Kaiser,
Liegend auf dem Todesbette,
Seine letzte Stund' erwartend,
Denkt er nur der Ewigkeit.

Ausgetheilet hatt' er alle
Reich' und Güter seinen Söhnen. —
Welche Stimme schallt auf Einmal
In den traurigen Gewölben
Des Palastes? Der Infantin
Donna Uraka Stimme ruft.

Weinend tritt sie vor den König,
Traurend tief im Todesschleier,
Nahet sie dem Bett des Vaters,
Fällt auf's Knie vor seinem Bette,
Die verehrte Hand ihm küssend,
Flehet sie ihn also an:

„O mein Vater, unter allen
Göttlich=menschlichen Gesetzen
Nennet mir, was Euch verbindet,
Eure Töchter für die Söhne
Zu enterben? Ausgetheilet
Habt Ihr Eure Reich' und Länder
Meinen Brüdern, und vergaßet,
Vater, und vergaßet mich."

„Also bin ich Eure Tochter
Nicht, Señor: denn wenn ich's wäre,
Wär' ich auch nur Euer Bastard,
Hätte, meiner zu gedenken,
Euch erinnert die Natur."

„Hab' ich, königlicher Vater,
Diese Schmach um Euch verdienet,
Nun so nennet meine Schuld.
Nennet Ihr sie nicht, was werden
Fremde Völker von Euch sagen?
Sagen alle edlen Männer,

Wenn sie von dem Unrecht hören,
Das Ihr, stets gerechter König,
Einer Unbescholtnen thut?"

„Männer, in die Welt eintretend,
Bringen, Güter zu erwerben,
Kräfte sich und Ansehn mit.
Was sie sich erwerben konnten,
Müßigen zu hinterlassen,
Hieße das nicht, edler Vater,
Seine Söhn' erniedrigen?
Aber sagt: was kann die Tochter,
Was kann sich ein Weib erwerben?
Hingeworfen auf die Erde,
Hat sie nichts als des Gehorsams,
Als des Dienens niedern Lohn."

„Wenn Ihr mich enterbet, Vater,
Ohne Land und ohne Boden,
Muß ich in die Fremde flüchten,
Muß — verzeiht ein hartes Wort mir,
Eure Härte zu verbergen,
Muß die Tochter Euch verläugnen;
Weil Ihr sie verläugnetet."

„Wohl, so geh' ich dann als Pilgrim
In die Welt; in meinen Adern
Wallet königliches Blut.

Dessen fürcht' ich zu vergessen,
Weil mein Vater es vergaß."

Also sprach mit lautem Weinen
Die Infantin Donna Uraka.
Als sie ausgeredet hatte,
Wartete sie auf die Antwort
Ihres Vaters, der im Sterben
War, des Königs letztes Wort.

22.

Königen den Mund zu schließen,
Darf es oft nur eines Weibes
Freier Rede. Don Fernando,
Eine Beute jetzt des Todes,
Hörend seiner Tochter Klagen,
Hatte Kraft genug, zu seufzen
Ueber ihre stolze Kühnheit;
Aber kaum genug der Kräfte,
Zu antworten. Lange sucht' er
Worte, bis er also sprach:

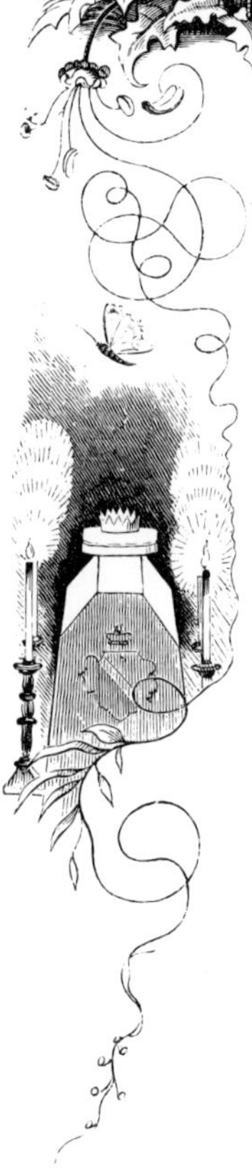

„Tochter, flößen Eure Thränen,
Die Ihr jetzt um eitle Güter
Weinet, so um Euren Vater:
Sie verlängerten, ich glaub' es,
Selber noch mein Leben jetzt;
Aber da Ihr, stolze Tochter,
Hier vor meinem Todesbette
Nur um Erdengüter weint,
So bedenkt, was nehm' ich jetzo
Sterbend mit mir aus der Welt?"

„Und ich dank' es meinem Schöpfer,
Daß er mir, Euch zuzureden,

Euch zu reinigen die Seele,
Kraft noch und Vermögen schenkt.
Graden Weges geht zum Himmel
Jetzo, hoff' ich, meine Seele;
In dem Feuer Eurer Worte
Litt sie ihre Läutrung schon;
Denn bedenket es, o Tochter,
War die Stunde meines Scheidens,
Mich noch also zu betrüben,
Ein erles'ner Augenblick?"

„Eurer Brüder Reich' und Güter
Neidet Ihr: und wollt nicht sehen,
Daß mit dem Besitz ich ihnen
Auch auflege Pflicht und Last?
Pflicht, die Länder zu beschützen,
Last, sie weise zu regieren,
Alles des bedürft Ihr nicht.
Sie vielleicht sind arm bei Vielem,
Ihr bei Wenigem die Reiche:
Denn Personen Eures Standes,
Denen Niemand gleich sich schätzt,
Was bedürfen sie für Reichthum,
Als, ihr Leben hinzuleben,
Eines Klosters Einsamkeit."

„Freilich seyd Ihr meine Tochter,
Denk' ich, aber eine Eitle;

Wohl dacht' ich an Eitelkeiten,
Als ich Euch erzeugete.
Euch trug eine edle Mutter;
Aber eine böse Amme
(Denn das zeugen Eure Reden)
Säugte Euch mit schlechter Milch."

„Drohet Ihr, in fremde Lande
Euch zu flüchten; wer, o Tochter,
So der Zunge läßt den Zügel,
Reißet auch der Ehre Zaum;
Längst hatt' er ihn schon zerrissen,
Als er so verwegen sprach. — —
Leichter wird mir's, die Verwirrung
Eures Kopfes zu gedenken,
Tochter, als daß meines Blutes
Also Euer Herz verdarb."

„Euch, die Schwestern, sollten Eure
Brüder (dieses war mein Wille)
Unterhalten; jetzt befehl' ich,
Um mit mir den Segen aller
Meiner Kinder mitzunehmen,
Jetzt befehl' ich — höret mich:"

„Arm will ich Euch nicht verlassen,
Seit Ihr, was Ihr sprechet, spracht.
Edel ist Dein Blut, Uraka,

Doch ich kenne Dein Geschlecht.
Also meine Stadt Zamora
Laß ich Dir, die wohlverwahrte,
Wohlbevölkerte. Dich werden
Tapfre Männer in ihr schützen,
Und Dir solche Ehr' erzeigen,
Daß der Ehre zu gedenken
Du durch sie gezwungen wirst.
Ob mich Deine jüngste Schwester
Gleich mit keinen Bitten anging,
Setz' ich ihr, wie Dir Zamora,
Das Gebiet von Toro aus."

„Dieses ist mein ernster Wille!
Und wenn meiner Söhne Einer,
Euer Erbtheil Euch zu rauben
Je gedenkt, dem geb' ich meinen
Schwersten väterlichen Fluch."

Alle, die den König also
Reden hörten, sprachen: „Amen!
„Fluch dem Räuber seiner Schwestern!
„Schrecklich treff' ihn Tod und Fluch!"
Don Garzia, Don Alfonso
Sprachen Amen; doch Don Sancho,
Er allein in der Versammlung
Vor dem Bett des Vaters — schwieg.

Der Cid

unter

Don Sancho dem Starken.

23.

Lärm und Schlachten, Blut und Feuer,
Kriegesstimmen allenthalben,
Trommeln, Pauken und Drommeten
Schallen in Castiljen laut.

Denn kaum hatte mit den Brüdern
Seines Vaters Sarg Don Sancho
Mitbegleitet an die Gruft,
Steigt er auf sein Roß, und blasen,

Blasen läßt er allenthalben
Gegen seine Brüder Krieg.

Die Vasallen seines Reiches
Bot er auf; nicht seine Rechte
An der Brüder Land zu prüfen;
In das Treffen sie zu führen,
Rief er sie bei Ehr' und Pflicht.

„Ach, Rodrigo," sprach Ximene,
„Also hast du sie beschlossen,
Meine Leiden;
Eins von beiden
Soll ich missen;
Eins aufgeben —
Wohl mein Leben,
Oder mind'stens die Geduld."

„Meiner Treue mich zu rühmen
Stehet mir nicht an; der Liebe
Ist treu seyn die schönste Pflicht.
Nur wie dürft Ihr mir, der Treuen,
Mir der Liebenden, Rodrigo,
Von so langem Abschied sagen?"

„Ach beschlossen ist's, beschlossen,
Eins von beiden
Soll ich meiden —

Eins aufgeben —
Wohl mein Leben,
Oder mind'stens die Geduld."

„Wenn ich Euch verehrend liebe,
Denkt Ihr nicht daran, Rodrigo,
Daß die Zeit ja Alles, Alles
Rückwärts führe? daß im Herzen
Auch der tiefsten Liebe Wurzel
Sterbe, wenn man sie nicht pflegt?
Zwar ist dies Euch keine Drohung:
Denn in Worten wie in Thaten
Kann Ximene den Rodrigo
Nie beleid'gen. Eifersüchtig
Könnte sie als Kind nur — sterben."

„Ja, es ist, es ist beschlossen!
Eins von Beiden aufzugeben,
Die Geduld oder mein Leben."

„Undankbare Männerherzen!
Euch entflammt der Weiber Leichtsinn;
Die Beständigkeit des Weibes
Tödtet eurer Liebe Glut.
Kennten wir euch recht, ihr Männer,
Würden wir euch je vertrau'n?
Sprich mir auf dein Herz, Rodrigo,
Denkst du noch an jene Schwüre,

An die süßen Schmeicheleien,
An die Thränen und Gelübde,
Die du einst mir treu gelobt?
Alles ist dir aus der Seele,
Aus dem Herzen dir verschwunden,
Wie ein Lüftchen über'm Sande
Hat die Zeit es fortgeweht."

Zärtlich küssete Ximenens
Angesicht der tapfre Feldherr,
Schwur ihr auf den Griff des Degens,
Schwur ihr, treu zurückzukommen,
Sey's lebendig oder todt.

24.

Lange führeten die Brüder,
König Sancho in Castiljen,
In Galizien Don Garzia,
An der Reiche Grenzen Krieg.
Endlich trafen sie zusammen,
Und von beiden Seiten fielen
Tapfre Männer, bis Don Sancho,
Sancho selbst gefangen ward.
Nahe war's, daß, der mit Unrecht
Krieg begonnen, ihn mit Schande
Endigte; denn unter allen
Streitenden war König Sancho
Wohl an Leibeskraft der stärkste,
Doch der feigeste an Muth.

Alvar Fañez, er, der erste
Freund des Cid, kaum sieht den König
Er gefangen, drängt er stürmend
An den Platz des Unglücks ein.
„Laßt den König, ihr Verräther!"
Ruft er wüthend, und sie flohen
Die harten Asturier.

Frei stand also König Sancho.
Doch die Schlacht sie war verloren;

Uebrig waren dem Befreiten
Kaum sechshundert Castiljaner.
Wie? sechshundert Castiljaner?
Für die ganze weite Erde
Sind sie g'nug, wenn Cid sie führt!

An kommt er. Auf seinem Rosse
Als ihn Sancho kommen siehet,
Ruft er laut zu seinem Heer:
„Auf, von neuem in das Treffen!
Bald ist jetzt das Schlachtfeld unser:
Denn der Cid ist da! Willkommen,
Cid! Ihr kommt zu rechter Zeit."

Ernst antwortet ihm Rodrigo:
„Und Ihr, Herr, zu sehr unrechter
Trafet Ihr auf diesen Platz.
Besser wäret Ihr am Grabe
Eures Vaters stehn geblieben,
Betend, mit gefaltnen Händen,
Als im ungerechten Kriege
Mit dem Bruder einzuernten
Eures Vaters harten Fluch."

„Ungern nehm' ich Don Garzia
Jetzt gefangen; für die Ehre,
Und doch muß ich's, für die Ehre,
Für den Dienst muß ich es thun,

Muß ihn nehmen oder sterben
Als ein Kriegsmann. Euch, o König,
Bringet hier in diesem Felde
Weder Sieg noch Niederlage
Ruhm; Euch schändet dieser Krieg."

Eben trat Garzia singend
Auf den Kampfplatz, tief unwissend,
Was geschehn war und geschah.
Stracks erklangen die Drommeten;
Die Drommeten und die Zinken,
Neue Brüderschlacht begann.

Und in Mitte seiner Edlen
Ward Garzia bald gefangen.

„Ach, was thut Ihr, edler Cid?"

„König, was für Euch ich thäte,
Wenn Ihr mein Gebieter wäret.
Jetzt will es das Schicksal also;
Unterzieht Euch ihm wie ich."

25.

Als Don Sancho seinen Bruder,
Den gefangenen Garzia,
In den festen Thurm von Luna
Eingesperret — wie ein Sperber,
Der den ersten Raub gekostet,
Jetzt nach reicherm, größerm Raube
Dürstet und nach wärmerm Blut,
Warf auf seine jüngste Schwester
Sancho sich; er schleppt Elviren,
Wie die schwache Taube wehrlos,
Aus dem ihr verlieh'nen Toro
Gen Burgos ins Kloster hin.

Jetzt entblößet Don Alfonso,
König von Leon, die Spitze
Seines Degens, und verkündet
Laut der Welt und offenbar:
„Aus Ehrfurcht für seinen Vater,

Und sich selber zu beschützen,
Unternehm' er diesen Krieg;
Doch nicht gegen seinen Bruder,
Einzig gegen den Beschützer
Eines niederträcht'gen Räubers;
Der Beschützer heiße Cid."

„Denn," sprach er, „die Bösen müßten
Abstehn von den Frevelthaten,
Wenn zu solchen kein Rechtschaff'ner
Ihnen diente; denn der Beste
Wird im Dienst der Bösen schlecht.

„Rede jetzt," sprach König Sancho,
„Perle meines Reiches, rede.
Ziehet er nicht gegen mich?"

„Gott ist's, der uns Alle richtet!
Sprach der Cid. „Doch wollt Ihr's wissen,
König und mein Herr, so sag' ich:
Euer Bruder, weil er Recht hat,
Eilet er vorjetzt zum Unglück."

„Auf! zu Waffen!" rief Don Sancho,
„Fliegt, ihr Fahnen! Fliegt Paniere!
Seht, es kommen die Leoner,
Löwen der Standarten kommen,
Doch nicht Löwen, die sie tragen;

Und wir haben für sie Thürme,
Thürm' und Schlösser zum Gefängniß." *

„Auf!" fiel Cid ihm in die Rede,
„Auf! weil man an mich denn will!"

„Gott genad' ihm, wer an dich will,
Braver Cid, du Blume Spaniens,
Spiegel ächter Ritterschaft."

Also zogen sie zum Kriege;
Don Alfonso ward gefangen,
Und gefangen ward Don Sancho,
Jener von den Castiljanern,
Von den Leonesen dieser,
Und noch wankt das Glück der Schlacht.

Als der Cid auf seinem Rosse
Lossprengt auf den Haufen Krieger,
Der Sancho umschlossen hielt.
„Fangen oder hangen!" rief er;
„Nicht das Eine, nicht das Andre,
Guter Cid," ward ihm zur Antwort.
„Fangen oder hangen!" rief er,
Und sein König stand befreit.

* Anspielung auf die Wappen von Leon und Castilien, deren jenes Löwen, dieses Castelle führt.

Don Alfonso blieb gefangen,
Ward gesperret in ein Kloster;
Wo ihn bald zum Dank der Ehre,
Die dem Cid er laut erzeiget,
Donna Uraka ihn ins Freie
Fördert, daß er gen Toledo
Hin zu Ali-Maimon floh.

26.

Auf Zamora geht der Feldzug,
Auf die feste Stadt Zamora!
Zahllos ist das Heer der Krieger,
Zahllos Königes Entwürfe. — —
Tapfrer Cid, du edler Feldherr,
Vor Zamora ziehest du?

Unterweges spricht der König
Zu ihm: „Freilich ausgehauen
Ist die Stadt, wie aus dem Felsen,
Der ihr anliegt, wie ein Panzer.
Dick wie eines Mannes Länge
Ist die Dicke ihrer Mauern,
Und die Thürme dieser Mauern,

Ihre Vesten aufzuzählen,
Forderte wohl einen Tag.
Abzuleiten den Duero,
Der sie einschließt wie ein Mädchen,
Ist ganz über Menschenmacht.
Uebergäbe mir Zamora
Meine Schwester, Cid, so hätt' ich
Eine Festung, in ganz Spanien
Wär' ihr keine Veste gleich.
Guter Cid, von meinem Vater
Als ein Kleinod mir vererbet,
Eidlich mußten wir versprechen,
Lebenslang Euch hoch zu ehren,
Und zu folgen Eurem Rath;
Guter Cid, du unsres Hauses
Säule, thu' es mir zu Liebe,
Bringe Botschaft nach Zamora,
Fordre es von meiner Schwester,
Fordre es zum Tausch um Alles —
Doch vergiß nicht beizufügen,
Wenn sie mir die Bitte weigert,
Daß ich nehme, was ich bat."

„Freilich weiß ich nicht," antwortet
Ihm der Cid; „jemehr die Mauern
Von Zamora ich betrachte,
Desto kühner, desto stolzer
Scheinen sie mir dazustehn."

„Recht," spricht Sancho, „recht geredet,
Dieses sind die ersten Mauern,
Die nicht deinem Anblick zittern."

Und je näher Cid der Stadt kam,
Ging sein muntres Roß Babieça
Langsam und hing seinen Kopf.

27.

Trauer war noch in Zamora
Um den Tod des großen Königs
Don Fernando, tiefe Trauer,
Ueberhängt mit schwarzen Tüchern
Waren Kirchen und Altäre.
Kein Gesang, kein Ton der Freude,
Auch kein Instrument der Liebe
Ließ sich hören auf den Gassen;
Die Infantin Donna Uraka,
Schmerzlich bitter weinte sie
Um den Tod des großen Vaters,
Um den Gram, den sie ihm sterbend
Noch in seiner letzten Stunde
Zugefügt, um seine Güte,
Um das Unglück ihrer Schwester,
Der vertriebnen Donna Elvira,
Um das Unglück ihrer Brüder,
Don Garzia, Don Alfonso;
Und wer sollt' und könnt' es glauben?
Noch beweint im tiefsten Herzen
Einen andern Wunsch Uraka.
Den Verlust wird sie beweinen,
Wenn sie jeden längst vergaß.

Denn dem Glück, geliebt zu werden,
Gleicht kein ander Glück auf Erden;
Die geliebte Schäferin,
Sie allein ist Königin.

In dergleichen Gramgedanken
Tief versenket saß Uraka,
Als auf einmal vor den Thoren
Von Zamora Cid erscheint.

28.

Grad einreiten in Zamora
Will der Cid, als ihn die Wache,
Ihn mit seinen fünfzehn Kriegern
Anhält, draußen vor dem Thor.
Laut und lauter wird der Lärmen,
Lauter das Geschrei der Straßen,
Bis es zur Infantin drang.

Und in ihren Trauerkleidern
Eilet schnell sie auf die Mauer,
Als — das Schrecken von Castiljen,
Sie den Cid da vor sich sieht.
Ihre schönen Augen netzen
Thränen; an die Mauer drücket
Sie die Brust, enthüllt ihr Antlitz,
Und vorbreitend ihre Arme,
Rufte sie ihm furchtbar zu:

ANDREW, BEST, LELOIR.

„Da du uns zu Feinden haben wolltest,
Warum klopfest du an unsre Thore?
Da durch dich wir hier im Jammer leben,
Warum kommst du und was willst du weiter?
Da, der Freundschaft Maske weggeworfen,
Du dem Unrecht deinen Arm geliehen —“

„Rückwärts, rückwärts, Don Rodrigo!
Deine Ehre ist verloren!
Rückwärts, rückwärts, stolzer Cid!“

„Seit er seinen Eid an mir gebrochen,
Den er zuschwor einer Königstochter,
Mich zu schirmen; mich, die einst ihn liebte,
Und noch jetzt sein Bild in diesen Mauern
Ehrt, in Mauern, die er kömmt zu stürmen.
Seit, von einem neuen Glücke trunken,
Er vergaß die schönen Jugendtage,
Die an meines Vaters Hof er lebte.“ —

„Rückwärts, rückwärts, Don Rodrigo!
Deine Ehre ist verloren!
Rückwarts, rückwärts, stolzer Cid!

„Dem mein Vater Ritterwaffen reichte,
Meine Mutter selbst den Zelter zuführt',
Ich anschnallete die goldnen Sporen,
Knieend auf dem Marmor. Er bemerkte
Damals nicht, was jedes Mädchen merket;
Er vergisset, was er war, und denkt nur,
Was er ist. Auch ich, so Manches dacht' ich,

Was der Himmel mir um meiner Fehler
Willen nicht vergönnte. Meine Eltern
Hoben ihn; er stürzte mich hernieder.
Weil ich denn um seinetwillen weine. —"

„Rückwärts, rückwärts, Don Rodrigo!
Deine Ehre ist verloren!
Rückwärts, rückwärts, stolzer Cid!"

„Ich, ein Weib, dazu noch jung und zärtlich,
Kann ihm zwar kein Leid vom Himmel wünschen;
Hat er mich mit seinem Stolz beleidigt,
Hat er innig mir das Herz verwundet,
Kommen von ihm alle meine Leiden;
So komm' auf ihn meine Güt' und Gnade;
Ich verzeih' ihm. Er darf mich beleid'gen
Ohne Strafe: denn des jungen Ritters,
Seiner, in der prächt'gen Kirche zu Coimbra,
Werd' ich stets gedenken. — Aber dennoch —"

„Rückwärts, rückwärts, Don Rodrigo!
Deine Ehre ist verloren!
Rückwärts, rückwärts, stolzer Cid!"

„Daß er nicht den Bruch des Eids verhindert',
Den Don Sancho meinem Vater zuschwur,
Daß er seinem Raube nicht gewehret,
Der dem Don Garzia, Don Alfonso
Ihre Reiche nahm; der Eine schmachtet
Im Gefängnisse; der Andre mußte

Zu Ungläub'gen fliehen, zu den Heiden.
Daß Don Sancho meiner armen Schwester,
Die im Kloster jetzt von Milde lebet,
Toro, ihr rechtmäßig Erbtheil raubte,
Und der Cid auch dieses ihm nicht wehrte,
Daß mein Bruder nicht, und auch der Cid nicht,
Tief erröthen, mich hier zu bekämpfen,
Mich, die Schwester, mich, ein schwaches Weib nur,
Die zu Waffen nichts sonst hat, als Thränen —
Deßhalb"

„Rückwärts, rückwärts, Don Rodrigo!
Deine Ehre ist verloren!
Rückwärts, rückwärts, stolzer Cid!"

Also sprach, gepreßt den Busen
An die Mauer, Donna Uraka;
So antwortet sie dem Cid.

Er, betroffen von der Antwort,
Hält verworren; dann auf Einmal
Lenkt er um sein Roß Babieça:
„Rückwärts!" höret man ihn murmeln,
„Rückwärts!" zwischen seinen Lippen,
Reitend nach dem Lager stumm.
Und so kommt er von Zamora
Wohl von manchem Pfeil verwundet,
Der, auch ohne Spitz und Eisen,
Tief im Herzen bohrend glüht.

29.

Still versunken in Gedanken,
Gab der Cid, als von Zamora
Jenes Tages er zurückkam,
Stracks gab er dem König Sancho
Rechenschaft von seiner Botschaft,
Der ihm diese Worte sprach:

„Solches ist der Kön'ge Schicksal,
Wenn sie mit zu wenig Klugheit
Zu viel' Ehr' erzeigen Einem,
Einem stolzen Unterthan."

„Ihr, Graf von Vivar, ich weiß es,
Jenen kecken Zamoranern
Riethet ihr den Ungehorsam
Und das Widerstreben an."

„Eure Weisheitsregeln kenn' ich,
Fortan sind sie nicht die meinen;
Und zu meinen Füßen läge
Augenblicks hier Euer Kopf,
Hätt' ich es nicht meinem Vater,
Ich mit allen meinen Brüdern,
Auf sein Haupt zuschwören müssen,
Euch zu ehren. Fort dann! Fort

Aus Castiljen. Weg aus allen
Meinen Reichen!"

"Auch aus denen,
Die ich Euch erobert habe?
Oder nur aus denen Reichen,
Die ich, König, Euch erhielt?"

"Fort aus allen!"

Don Rodrigo,
Der gedankenvoll erst dastand,
Lächelte, sah ruhig um sich,
Und — bestieg sein Roß Babieça;
Todesstille herrscht im Lager:
Denn der Cid — er ist hinweg!

30.

Ein Geräusch von Waffenrüstung!
Pferdetritt', Galopp, Galoppe!
Zween Zamoraner Ritter
Sind es, von der ersten Bravheit.

Längs dem Ufer des Duero
Reiten sie mit grünen Schilden;
Füchse reiten sie, die Degen
Sind von braunem scharfem Stahl.

Wohlgewaffnet; auf dem Sattel
Fest und leicht; wie Hasen sprengen
Sie hinauf dort jenen Hügel,
Und im Augenblicke stehn sie
Vor den Castiljanerfahnen
Also nah', daß man sich hört.

Einer ist ein alter Ritter,
Arias Gonsalo sein Name,

Weitbekannt. Zwei Gegner sind ihm
Wie ein Haar aus seinem Bart.
Neben ihm der junge Ritter
Ist sein jüngster Sohn; er scheute
Wohl auch nicht den dritten Mann.
Unverzagt, sobald sie hörbar
Reden konnten, rufen sie:

„Sind im königlichen Lager
Zwei der Ritter, die mit zweien
Zamoranern ihre Lanzen
Brechen wollen, sind wir da,
Sie zu lehren, König Sancho
Sey kein Edelmann, indem er
Seiner Schwester das zu rauben
Kommt, was ihr der Vater gab.

„Thun dabei Verzicht auf jede
Ritterehr' und Königsladung,
Nie zu sitzen einem Edeln
An der Seite, nie von Frauen
Zu empfangen Lieb' und Gunst;
Thun Verzicht auf dieses Alles,
Wenn mit zweien Lanzenstößen
Wir den Platz von unsern Gegnern
Nicht geleert. Wenn zwei sich fürchten,
Mögen Drei und Vier und Zwanzig,

Selbst auch mit dem Teufel kommen,
Nur mit Einem nicht — dem Cid."

Als zwei Castiljanergrafen
Hörten diese kühne Fordrung
Wie die Löwen brüllten sie:
„Wartet, Ritter, zwei Minuten,
Anzulegen uns die Waffen."

Indeß sie sich also rüsten,
Sprach der alte Zamoraner,
So sprach er zu seinem Sohn:

„Rückwärts sieh dich um, o Jüngling!
Auf den Mauern, auf den Thürmen
Von Zamora sehen Frauen
Und Jungfrauen auf uns her.
Nicht auf mich, der alt und grau ist,
Aber auf den jungen Ritter,
Den mannhaften, schauen sie.
Führest du dich wohl, so gäb' ich
Für mein Landgut nicht die Bänder,
Die man dir verehren wird.
Gegentheiles stürb' ich lieber,
Als die Spötterei'n zu hören,
Die sich rüsten deinem Ohr."

„Fest im Bügel! Halt die Lanze
Grade vor dich, auf den Schild;

Halt dein Roß zum Angriff fertig;
Wer im Kampf den ersten Stoß thut,
Hat das halbe Werk gethan.
Sieh', da kommen sie! Wohlauf dann!
Siegen oder sterben, Sohn!"

Sieg war Ausgang ihres Kampfes.
Allen Damen in Zamora
Hoch zur Freude wirft der Jüngling
Seinen Feind mit einem Stoß
Um und um; des Alten Gegner
Flog vor seiner starken Lanze
Zehn Schuh weit von seinem Roß.

In die edle Stadt Zamora
Zogen jetzt als Ueberwinder
Ein der Vater und der Sohn.

31.

Sehr verlegen war Don Sancho
Vor Zamora, sehr verlegen.
Nahen konnten seine Krieger
Nicht der Stadt; doch aus Zamora
Naheten oft seinem Lager
Stolze Ritter, trotzigkühn.

Endlich traten alle Edeln
Castiljaner vor den König:
„Großer König, nimmer werden
Wir Zamora nehmen, nimmer;
Hilft uns Gott nicht und der Cid.
Euch, o König, ausgenommen,
Wiegen alle wir zusammen
Ihn nicht auf. Er überwiegt.“

Also sendete der König
Don Diego von Ordoña,
Aufzusuchen und ins Lager
Rückzuführen ihn, den Cid.

Wenn ein Herr auch unrecht zürnet,
Muß ihm der Vasall gehorchen;
Wenn ein König sich entschuldigt,
Muß er ihm treu seyn und hold.

Als Don Sancho von Rodrigo's
Rückkehr hörte, zog er freudig
Ihm entgegen, weit hinan.
Wenn ein König unrecht zürnte,
Muß er sich zur Ehrerstattung
Zwingen mit Erniedrigung.

Kaum ersahe Cid den König,
Sprang er schnell von seinem Pferde;
Um so mehr beschämt' es diesen,
Daß Cid sich erniedrigte.

„Bald nun nehmen wir Zamora,"
Sprach der König. „Und ich sage
Nochmals: nehmt Euch vor Zamora,
König, nehmet Euch in Acht."

Pfeifen, Trommeln, Clarinetten
Künden an dem Kriegeslager
Cids Zurückkehr. Des Don Sancho
Ohren ärgerte der Lusthall,
Doch sein Mund — er sprach kein Wort.

32.

Hüte, hüt' dich, König Sancho,
Vor Verräthern. Vor Verräthern
Hüte Jeder sich; am meisten,
Wer Gewalt und Unrecht thut.

Aus dem Thore von Zamora
Eilt heran Bellido Dolfos;
Seht, wie er sein Roß dort spornet!
Seht, er eilt zu Königs Zelt.
„Großer König, Gott beschütze
Eure Waffen,“ spricht Bellido;

„Gott beschütz' Euch," spricht der König,
„Edler Mann, was führt Euch her?"

„Eu'r Vasall bin ich geboren,
Hoher König," sprach Bellido.
„Unter Euren Fahnen stritt' ich,
Unter ihnen blieb mein Herz."

„Als ich dieses in Zamora
Frei bekannte, und Zamora
Rieth, an Euch, an Euch den Herren,
Willig sich zu übergeben,
Droht mir Gonsalo, der alte
Arias drohet mir den Tod.
Da ich drinnen nichts vermochte,
Komm ich, Euer pflichtverbundner
Castiljaner, hier ins Lager,
Sichern Weges Euch, o König,
Einzuführen in die Stadt."

„Einen engen Gang der Mauer
Kenn' ich, eine kleine Oeffnung" —

Als er also im Gespräch war,
Zeigte auf dem nächsten Bollwerk
Sich der edelste der Krieger,
Arias Gonsalo, und rief:

„Sey es Euch gesagt, o König,
Euch gesagt, ihr Castiljaner:
Ein Verräther ist entwichen
Aus der Stadt, er heißt Bellido.
Vier Verrätherei'n beging er;
Wenn er Euch die fünfte zufügt,
Keinem edlen Zamoraner
Rechnet's an; Ihr seyd gewarnt."

Hüt' dich, hüt' dich, König Sancho,
Vor Verräthern! Vor Verräthern
Hüte Jeder sich; am meisten,
Wer Gewalt und Unrecht thut.

„Glaubet nichts davon, o König,"
Sprach Bellido, „was der Alte,
Euch Mißtrauen zu erregen,
Dorther von der Mauer ruft;
Wohl weiß er, daß ich die Oeffnung
Und den Gang der Mauer kenne;
Und dann weiß er auch sein Schicksal."

„Ja, Bellido," sprach der König,
„Ich kenn' ihn als einen stolzen,
Einen unbiegsamen Mann.
Ungern küßt' er mir die Hand einst —
Auf! wohlauf dann zu der Oeffnung,
Zum geheimen Mauergang." —

„Jetzt, o König, würde Jeder
Uns mit seinen Augen folgen“ —

„Wohl dann, so gescheh' es später!“
„Und am besten wär's, o König,
Erst die Lage zu besehen,
Ihr und ich wir gehn allein.“

Eh' sie gingen, stellt der König
All sein Heer hin in die Waffen;
Schwören sollten alle Führer,
Nichts zu schonen in Zamora,
Keinem Flehn zu geben nach.

Als der Cid so schwören sollte,
Sprach er: „Meine Männer werden
Wie des Mannes Freunde kämpfen,
Der nichts fürchtet. Allenthalben
Werden sie mich vorwärts sehen;
Aber abgelegt die Waffen,
Schwör' ich bei dem Himmel droben,
Gegen die erhabne Schwester
Meines Königes den Degen
Nie zu zucken! Hört den Schwur.“

Einen Wurfspieß in die Rechte
Nahm der König, und sie gingen.
Längs dem Ufer des Duero
Sah man lang' sie vorwärts gehn.

Bis auf Einmal sich Bellido
Hob und mit dem Dolch den König
Zehnmal in den Rücken stieß.
Fallen sah man den Monarchen,
Todtverwundet, doch nicht todt.

Vor Verräthern, vor Verräthern
Hüte Jeder sich; am meisten,
Wer Gewalt und Unrecht thut.

Unbewaffnet, wie er dastand,
Schwang sich auf sein Roß Rodrigo,
Einzuholen den Verräther.
An die Pforte vor Zamora
Sprengt' er, ach! als sich die Pforte
Eben hinter dem Verräther
Schloß. „O zeuge mir's die Erde,
Und der ganze weite Himmel,"
Rief er, „wie ich mich verwünsche
Jetzt um einen Augenblick.
Hätt' ich Sporen, ach, ich wäre
Vorgekommen dem Verräther,
Hätt' ihn hier am Thor ergriffen,
Ihm gegeben seinen Lohn!"

Todtverwundet trug den König
Man ins Lager; Alle sprachen
Zu ihm: und ein Einz'ger nur
Sprach die Wahrheit, die ihm diente,

Ein bejahrter Rittersmann:
„König, denkt an Eure Seele!
Sonst an nichts mehr auf der Welt.“

Sterbend seufzete Don Sancho,
Als der edle Graf von Cabra
Diese Worte zu ihm sprach:
„Ach, der Kön'ge hartes Schicksal,
Daß, wenn man sie nicht mehr fürchtet,
Dann nur ihnen Wahrheit spricht.“

„Auch zu andern, andern Zeiten
Sagt man ihnen wohl die Wahrheit;
Aber sie, sie hören nicht.“
Sprach der Cid; er sprach es leise,
Daß er seines Königs Seele
Scheidend nicht beleidige.

33.

Sterbend noch die letzten Blicke
Hingekehret gen Zamora,
Liegt der König bleich und todt.
Um den blut'gen Körper stehen
Ringsum seine besten Ritter;
Alle schweigen, tief verstummt.

Traurig, doch mit edler Stimme,
Bricht der Cid das todte Schweigen,
Und geleitete die Seele
Seines Herrn mitleidig so:

„Unglück-unglücksel'ge Stunde,
Als Ihr wider meinen Willen
Hierher vor Zamora zogt.
König, wer Euch das gerathen,
Scheute weder Gott noch Menschen,
Hieß Euch das Gelübde brechen
Eurer heil'gen Ritterpflicht."

„Jetzt erscheint Ihr vor dem Richter,
Der Euch die, die Ihr bekriegtet,
Ernst als Eure Schwester zeigt,
Die ihr Leben, die ihr Erbtheil,

Das Ihr ihr abdringen wolltet,
Gegen Euch vertheidigte."

„Ihr, das Schrecken aller Eurer
Brüder, Schwestern, Unterthanen,
Was seyd jetzt Ihr? Eine Handvoll
Staubes, die indeß wir ehren,
Ehren woll'n mit aller Macht."

„Krieger, eh' der Tag sich endet,
Muß ein Ritter vor Zamora,
Auszufordern Alle, wegen
Schändlicher Verrätherei."

Sprach es, doch Niemand erhob sich;
Alle, scheint es, Alle fürchten
Arias Gonsalo und seiner
Vier berühmten Söhne Muth.
Alle heften ihre Blicke
Auf den Cid, der weiter spricht.

„Krieger," sprach er, „meinen Eidschwur
Wisset ihr, mich nie zu rüsten
Gegen dies Zamora. Doch
Einen Mann will ich euch nennen,
Als wählt' ich ihn für mich selbst."

Don Diego von Ordoña,
Der dem königlichen Leichnam,

Wie abwesend in Gedanken,
Traurigstumm zu Füßen saß;
Er, der Ritterschaft von Lara
Blüh'nder Ruhm, erhob die Stimme
Mit unmuth'gem Laute so:

„Hat," sprach er, „der Cid geschworen,
Was er wohl nicht schwören sollte:
So entbrech' er sich, uns Einen
Herzunennen, den er wählt.
Viele Ritter hat Castiljen,
Wie, den er uns nennen würde;
Und (doch ohn' ihn zu verachten),
Ritter, selbst wie er, der Cid.
Wer die Ford'rung gen Zamora
Bringt und sie besteht, bin ich."

Damit griff er zu den Waffen,
Und hinaus, hin vor die Mauer.
Da mit aufgehobnen Händen
Und mit fürchterlicher Stimme
(Seine Augen flammten Feuer
Zorns und Ehre) sprach er so:

„Ihr meineidigen Verräther,
Niederträcht'ge Zamoraner,
Memmen! denn das seyd ihr Alle,
Seit ihr einer feigen Memme,
Einem niedrigen Verräther,

Meuchelmörder meines Königs,
Dem Bellido Zuflucht gabt:
Denn Verräther ist der selber,
Welcher die Verräther schützt.“

„Ins Gesicht nenn' ich euch solche,
Eure Vorfahr'n, euren Abstamm,
Und das Brod, das ihr genießet,
Und das Wasser, das ihr trinkt.“

„Daß ihr's seyd, will ich beweisen,
Komme Einer gegen Einen,
Einer nach dem andern fünf;
Diego Ordoña ist mein Name,
Unbescholtnen Bluts, aus Lara;-
Und ich werf' euch Zamoranern
Nicht, weil ihr ihn nicht verdienet,
Meinen Handschuh hin; ein Pferdhaar
Werf' ich euch hin, statt des Handschuhs,
Gieß' aus dieser Tintenflasche
Schwarze Tint' euch ins Gesicht.“

Arias Gonsalo, der Edle,
Gab herunter von der Mauer
Ihm zur Antwort, kalt und fest:
„Ist es, was du redest, Wahrheit,
Lara, o so wär' ich lieber
Nie geboren; doch ich nehme
Deine Ford'rung an und hoffe,

Dir mit Gott es zu beweisen,
Daß du, ein Verleumder, lügst."

Damit stieg er von der Mauer,
Und versammlend alle edlen
Zamoraner, sprach er so:
„Tapfre Krieger, Zamoraner,
Die das ganze Weltall ehret,
Findet unter euch sich Einer
In den Schandverrath verflochten,
Nenn' er sich und tret' hervor!
Lieber will in meinem Alter
Ich auf fremder Erde sterben,
Tief versteckt in Dunkelheit;
Als um niederträcht'gen Mordes
Willen, auf geschloss'nem Felde,
Ueberwinder seyn im Kampf.

„Feu'r vom Himmel falle nieder
Und verzehr' uns! riefen alle
Zamoraner, wenn ein Einz'ger
Von uns auf die mind'ste Weise
Theil hat an der Freventhat.
Fechten könnet Ihr mit gutem
Redlichem Gewissen, Graf."

34.

Auf die Forderung des edlen
Don Diego Ordoña Lara,
Mehr von ihres Bruders Tode,
Als vom Vorwurf auf Zamora
Tief betroffen und verwirrt,
Rief in größter Eil' zusammen
Donna Uraka ihren Rath.

Niederträcht'ge nur verschonet
Feige Niederträchtigkeit;
Auf die edelsten Gemüther
Spritzet sie zuerst ihr Gift.

„Warum zögert denn der Alte"
(Murmelt in der Rathsversammlung
Der und Jener). „Nicht aus Kleinmuth;
Zögert er wohl aus geheimem
Mitbewußtseyn des Verraths?

Niederträchtiger, du lügest!
Murmelnd bleibe die Verleumdung,
Daß er wohl aus Mitbewußtseyn
Zögre, dir in deinem Bart.

In den Saal der Rathsversammlung
Tritt mit allen seinen Söhnen
Majestätisch ein der Graf.
Ganz in schwarze Trauerkreppe
Eingekleidet, als beweinten
Die begrabne Ehre sie.

Vor der königlichen Tochter
Ließ der Greis aufs Knie sich nieder,
Und also sprach er zu ihr:
„Königstochter, und ihr Edlen,
Helden dieser Rathsversammlung.
Don Diego Ordoña Lara,
(Seinen Namen nur zu nennen,
Ist zum Ritterruhm ihm g'nug)
Statt des Cids ist er erschienen,
Uns des Mordes an dem Kön'ge
Von Castiljen laut zu zeihn.
Diese Schmach von uns zu wälzen,
Stell' ich mich und meine Söhne.
Nicht mehr ist es Zeit zu sprechen,
Zeit ist es, das Schwert zu zücken,
Schon zu lange säumten wir."

In dem Augenblick zerriß er,
Er und seine vier Begleiter
Ihren Trauerschmuck; in blanken
Waffen standen sie gerüstet,
Alle fünf gerüstet da.

Nieder senkten sich die Häupter
Der erst murmelnden Versammlung
Aus dem Auge der Infantin
Flossen Thränen.

Arias sprach:

„Und nun, edelste Infantin,
Würdigt mich und meine Söhne
Anzunehmen; sie als Kämpfer
Für die Ehre von Zamora,
Mich, den Greis, als ihren Rath.
Ihren Mangel an Erfahrung
Heb' und stütze Eure Gnade;
Deß zum Zeichen reichet ihnen
Eure königliche Hand.
Eine leichte Gunst, wie diese,
Ist der Sporn für edle Krieger;
Für gemeine ist's der Sold."

Huldreich reichte die Infantin
Den vier jungen, edlen Kriegern
Ihre königliche Hand.
Feuer drang in ihre Adern,
Stärke drang in ihre Glieder —
Auf brach die Versammelung.

35.

Und mit Thränen in den Augen,
Unaussprechlich rührend flehte
Die Infantin Donna Uraka,
Den ungleichen Kampf zu meiden,
An, den väterlichen Greis.
„Trätet ihr dem Cid entgegen,“
Sprach sie, „ach! der edle Cid
Wüßte sein' und unsre Ehre,
Beide rettend zu verbinden;
Aber Lara, unversöhnlich
Dürstet er nach unserm Blut.
Und Ihr in so hohen Jahren,
Nach so viel bestandnen Kämpfen,
Wollt Ihr Eurer mich berauben,
Edler Greis. O so bedenkt,
Was ihr meinem Vater schwuret,
Nie mich zu verlassen, nie!“

Ach hätt' es gewollt der Himmel,
Daß der Cid —

„Wie dann, Infantin?
Daß der Cid“

Vom Undankbaren
Freilich sprechen wir zu viel.
Doch versprecht mir —

„Was versprechen?“

Wenigstens zuletzt zu kämpfen —

„Ich zuletzt? wie dann, Infantin,
Habe nicht ich auf der Mauer,
Ich den Schimpf empfangen, ich?“

Unbiegsamer, lasset Eure
Jungen Söhne vor Euch streiten —

„Wenn sie fallen, denkt Infantin,
So verlieret Ihr mit ihnen
Ihrer Dienste sechzig Jahr“ —

Und wenn Ihr fallt? —

„Eine Stunde
Oder zwei von meinem Leben,
Die verlier' ich und nicht mehr.
Und mein Tod, wenn er dem Kampfe
Meiner Söhne kühn vorangeht,
Ihnen schaffet er den Sieg.“

Alle Damen, alle Krieger,
Arias Söhne selbst, vor Allen
Donna Uraka, Alle flehen
An, den väterlichen Greis,

Zuzuschauen erst dem Kampfe —
Er, gezwungen von den Bitten,
Nicht im mind'sten überzeuget,
Wirft, ohn' einig Wort zu sagen,
Wirft die Waffen weg im Zorn.

36.

Nah der Mauer von Zamora
War zum grausen Todeskampfe
Zubereitet schon der Platz.
Schon durchritt ihn Don Diego,
Mit der Stärke des Alciden,
Seine jungen Feind' erwartend

Schweigt, unglückliche Drommeten,
Eines Vaters Eingeweide
Wenden sich bei eurem Hall!

Wer den väterlichen Segen
Erst empfing: es war Don Pedro,
Er, der Brüder Aeltester.
Als er vor Diego's Antlitz
Kam, begrüßt er ihn bescheiden,
Als den ältern Kriegesmann;

„Möge Gott, Euch vor Verräthern
Schützend, Eure Waffen segnen,
Don Diego. Ich erschein' hier,
Von dem Schimpfe des Verrathes
Mein Zamora zu befrei'n" —

„Schweig!" erwiedert Don Diego,
„Denn Verräther seyd ihr Alle!"
Und so trennen Beide sich,
Raum zu nehmen; Beide rennen
Mächtig los: es sprühen Funken —
Ach, das Haupt des jungen Kriegers
Trifft Diego; er zerspaltet
Seinen Helm, durchbohrt sein Hirn —
Pedro Arias stürzt vom Rosse
In den Staub hin.

Don Diego
Hebt den Degen und die Stimme
Fürchterlich hin gen Zamora.
„Sendet einen Andern!" rief er,
„Dieser liegt." Es kam der Andre,
Kam der Dritte, der auch fiel.

Schweigt, unglückliche Drommeten!
Eines Vaters Eingeweide
Wenden sich bei eurem Hall.

Thränen flossen, stille Thränen
Auf des guten Greises Wangen,
Als er seinen jüngsten Sohn,
Seines Lebens letzte Hoffnung,
Waffnete zum Todeskampf.

„Auf,“ sprach er, „mein Sohn Fernando,
Mehr als du an meiner Seite
Noch im letzten Kampf geleistet,
Mehr verlang' ich nicht von dir.
Eh' du in die Schranken eintrittst,
So umarm' erst deine Brüder,
Und dann blick' auf mich zurück“ —

„Weint Ihr, Vater?“

„Sohn, ich weine!
So weint' über mich mein Vater
Einst, beleidiget vom König
Zu Toledo — Seine Thränen
Gaben mir des Löwen Stärke,
Und ich bracht' ihm, welche Freude!
Seines stolzen Feindes Haupt.“

Mittag war es, als der letzte
Sohn des Grafen Arias,
Don Fernando, auf den Platz trat;
Dem Besieger seiner Brüder,

Seinem stolzen Blick begegnet
Er mit Ruh' und Festigkeit.

Dieser, spielend mit dem jungen
Krieger, nahm den ersten Streich auf,
Auf die Brust; er war nicht tödtlich.
Aber bald lag mit den Trümmern
Ihrer Rüstungen der Kampfplatz
Ueberdeckt. Gebrochen lagen
Schon die Schranken; beide Rosse
Keuchen, durch und durch im Schweiß.

Als man ihnen Morgensterne,
Kolben brachte, deren Eisen
Blitzt in ihrer beider Hand.
Und der erste Schlag des Eisens
In der stärkern Hand Ordoña's
Traf — des edlen Jünglings Haupt.

Todtverwundet (seinem Rosse
Griff er um den Hals und hält sich
An der Mähn' ihm), Hölleneifer
Gibt zum letzten Streich ihm Kraft.
Diesen Streich, er thut ihn tapfer;
Aber weil das Blut des Hauptes
Sein Gesicht bedeckt, so trifft er
Ach, die Zügel nur des Rosses,
Sie durchhau'nd. Es bäumt das Roß sich,

Wirft den Reiter aus den Schranken —
Sieg! schrien alle Zamoraner;
Das Gericht des Kampfes schwieg.

Arias Gonsalo, zum Kampfplatz
Eilend, fand den Kampfplatz leer;
Sah den jüngsten Sohn verblühen,
Ihn verblühn wie eine Rose,
Eh' sie sich entfaltete.

Schweigt, unglückliche Drommeten,
Eines Vaters Eingeweide
Wenden sich bei eurem Hall.

Der Cid

unter

Alfonso dem Tapfern.

37.

Eilt, getreue Boten, flieget
Zu Alfonso, meinem Bruder
(Sprach Uraka). Er vergisset
Seines Glückes in Toledo,
Da sein Glück ihn nicht vergißt.“

„Sagt ihm, daß der Feind nicht mehr ist,
Daß sein Bruder, Don Garzia,
Aus dem Kerker in das Grabmal
Seiner Ahnen wanderte.
Sagt ihm, daß die Castiljaner,
Die Asturier, die Leoner
Ihn erwarten, ihren König,
Wie die Schwester ihren Bruder;
Sagt es ihm und flieget schnell.“

„Was zu thun?“ sprach Don Alfonso;
„Ali-Maimon, dieser gute
Saracene, that mir Gutes.
Was dem Flüchtling man erzeiget,
Thut man das auch einem König?
Ob mein neuer Stand dem Mauren
Wohlgefalle, weiß der Himmel.
Eines, weiß ich, ist mir nöthig,
Mit Vorsicht geheime Flucht.“

„In der Rundung dieser Mauern
Ist ein Ort,“ sprach der Gesandte,
„Niedersteigen wir zur Nacht.
Auf rückwärts beschlagnen Pferden
Eilen sicher wir davon.“

Angekommen in Zamora,
Zog Alfonso dann nach Burgos,
Und die Reichsversammlung sprach:
„Erbe seyd Ihr aller Thronen
Unsers großen Don Fernando;
Niemand streitet sie Euch jetzt.
Aber, ohn' euch zu mißfallen,
Fodern wir von Euch den Eidschwur,
An dem Morde des Don Sancho
Theilgenommen nie zu haben,
Mittel- und unmittelbar,

Solchen Eidschwur uns zu leisten
Förmlich, wie es uns gefällt,
Und bekräft'gen ihn zu lassen
Von zwölf Eurer Edelsten."

„Dieser Wunsch sey euch gewähret,"
Sprach Alfonso; „morgen schwör' ich
In der Kirche der Gadea,
Vor dem heiligen Altar.
Heut' begehr' ich nur zu wissen,
Wer von euch mir diesen Eidschwur
Abzunehmen dann gedenkt?"

„Ich," sprach Cid. —

„Ihr, Don Rodrigo?
Denket Ihr daran, daß morgen
Ihr ein Unterthan mir seyd?"

„Noch nicht; daran werd' ich denken,
Herr, wenn Ihr mein König seyd."

38.

Vorm Altare der Gadea,
Knieend, seine Hand geleget
Auf das Evangelium,
Und ein Eisenschloß und eine
Leimruth; so, das Haupt entblößet,
So erwartet Don Alfonso
Seinen Eidschwur von dem Cid.

Fürchterlich war dieser Eidschwur;
Schrecklich war's, ihn anzuhören,
Grausenvoll dem, der ihn that:

„Feig' ermordet müss' ich werden
Von dem Niedrigsten der Menschen,

Wie Don Sancho von Bellido;
Mein Gedächtniß sey entehret;
Ausgerissen aus der linken
Seite soll das Herz mir werden,
Und verschlucken müss' ich es!
Wenn ich nicht die Wahrheit sage,
Daß am Morde meines Bruders
Ich durch Wollen, Rath und Wissen
Habe nicht den kleinsten Theil."
„Sprechet Amen!" rief der Cid.

Und also zu dreien Malen
Wiederholte Don Alfonso
Den ihm vorgesagten Eidschwur;
„Sprechet Amen!" rief der Cid.

Unverwandt, mit Feuerblicken,
Flammend von des Zornes Flamme,
Sah, als er den Eid ablegte,
Sah Alfonso an den Cid.

39.

Künftig rath' ich Euch mehr Vorsicht,
(Euch betrifft jetzt meine Rede,
Don Rodrigo von Vivar!)
Zittert über jenen Eidschwur,
Den mit Schimpf Ihr von mir nahmt.
Jenes Schloß und jene Leimruth',
Zeugen meines Schwures, waren
Zeugen meiner tiefen Schmach.
Künftig rath' ich Euch, zu wissen,
Daß ich Euer König bin."

„Seyd Ihr tapfer, wohl, so zeiget
Euch auch ohne Leidenschaften.
Unterwürfigkeit gebühret
Dem Vasallen auch im Recht.
Zeiget Ihr im Felde Kühnheit,
Kopf und Herz, so zeigt am Hofe
Höfliche Bescheidenheit.
Mit den Worten nimmt die Zunge
Weg die Hälfte des Verdienstes,
Das der Arm sich kühn erwarb."

„Viel zu viel habt Ihr gesprochen,
Viel zu viel Euch angemaßet;

Doch — Ihr dientet meinem Vater;
Sonst — Und dann, was sagt der Cid?"

„Durch die Hand des schlecht'sten Menschen
Sterben? Nur des schlecht'sten Menschen —
Nie die Hand des Edelmannes
Waget an den König sich."

„Kurz, des Unternehmens halber,
Und Bescheidenheit zu lernen,
Weis' ich Euch aus meinen Landen,
Don Rodrigo, auf Ein Jahr."

„Und ich nehme vier der Jahre,"
Sprach der Cid, „um so viel lieber,
Da vom Hofe die Entfernung
Mir der König selbst gebeut."

Ohne ihm die Hand zu küssen,
Ging Rodrigo von Alfonso;
Seine dreimal hundert Männer
Mit gespitzten scharfen Lanzen,
Mit Wolfsrachen auf den Schilden,
Alle zogen sie mit ihm.

40.

Am zehn Uhr am frühen Morgen
Putzt Ximene ihre Töchter,
Donna Sol und Donna Elvira;
Schön're Kinder sah man nie.

Schmückte sie mit art'gem Kopfputz,
Und mit feinen Linnenkleidchen,
Uebersä't mit seidnen Blumen,
Die Ximene selbst gestickt.

Ließ dann ihre edlen Knappen
Anziehn ihren reichsten Anzug:

Denn die Liverei der Diener
Zeigt des Herrn Reichthum und Stand.

So geputzet schickt Ximene
Ihre Kinder der Infantin,
Die zu sehen sie begehret.
Sie selbst ging nicht mit den Kindern;
Denn des Cids Gemahlin hält sich
Nach der Vorschrift des Gemahls.

Seinen Rang beliebt zu machen
Bei Geringeren, bei Höhern
Ihn behaupten, war sein Wort.

Auch die wild'sten Herzen rühret
Schon der Anblick dieser Kinder,
Und erfreut den Schauenden.
Thränen fließen der Infantin,
Wenn die Kleinen ihr zulächeln.
Man weiß nicht, ob sie sie hasse,
Oder liebe. Wie im Unmuth
Stößt sie sie zurück und zieht sie
Liebender zu sich heran.

Fast verschlingt sie sie mit Küssen,
Und wenn sie sie still betrachtet,
Steigen Seufzer ihr empor;
Nennt sie bald die schönsten Kinder,

Die die Erde sah, und findet
Dann in ihren Zügen etwas,
Das das Bild des Vaters stört.

Dann verändert ihren Putz sie,
Als ob er durch ihre Hände
Schöner würde; o wie Manches
Ging im Herzen der Infantin,
Ihr selbst unbemerket, vor!

„Wem gehören diese Kinder?“
Fragt Alfonso. „Einem Krieger,
Der verbannt ist, den die ganze
Christenheit mit Wunsch zurückruft,
Und die Maurenwelt mit Wünschen
Von sich treibet. Das Gerücht geht,
Daß der Cid in allen Städten
Furcht verbreite. Seht die Kleinen,
Seht die Liebenswürd'gen, Bruder;
Die sind nicht so fürchterlich.“

„Kinder,“ sprach Alfonso lächelnd,
„Bittet was von mir. Was wünscht ihr?“
„Euer Wohlseyn, großer König,
Wünschen wir,“ antworten beide.
„Hört Ihr,“ sprach des Königs Schwester,
„Was sie wünschen? Ihren Vater
Bitten sie zurück.“

„Das hör' ich,“
Sprach der König, „daß Uraka
Den Verbannten noch ein wenig
Lieb hat.“ — „Nein, ich schwör' Euch, Bruder,
Daß ich ihn von Herzen hasse.“
„Nehmt in Acht Euch,“ sprach Alfonso,
„Daß Ihr nicht aus lauter Hasse
Ihn bis zur Anbetung liebt.“

41.

Eines Sonntags in der Kirche
Des San Pedro de Cordoña,
Nach der Messe sprach Alfonso
Mit dem Cid Campeador.

Neue Plane der Erobrung
In den Ländern, einst verloren
Durch des Gothenkönigs Schuld,
Den die Liebe scharf anklaget,
Und doch auch die Lieb' entschuldigt —
Neue Plane der Erobrung
Legt Alfonso seinem Feldherrn
Vor, der dann mit stillem Ernst
So antwortet:

„Zu erobern,
König, ist wohl nicht das Hauptwerk;

Das Eroberte erhalten,
Dieses ist das Schwerere.
Ihr seyd neu auf Eurem Throne,
Traget noch ein junges Scepter,
Euer Reich Euch zu versichern,
König, sey jetzt Euer Werk.
Nichts gefährlicher war öfters
Fürsten, als Abwesenheit."

Statt des Königes erwiedert
Abt Bermudo: „Seyd des Feldziehns,
Edler Cid, Ihr etwa müde,
Daß Ihr jetzt so friedlich denkt?
Oder gab Euch die Gemahlin
Solche Lehren? wohl, so gehet,
Mehr zu lernen, nach Vivar.
Spanien hat zu edlen Kriegern
Mehr Feldherren, als den Cid."

Cid sprach: „Bruder, Eure Kutte
Steht Euch schief." „Die Kutte, Feldherr,
Weiß ich in dem Chor zu tragen,
Wie im Feld einst die Standarte.
Hab' ich Könige der Mauren
Nicht besiegt, so hab' ich Söhne,
Die gar wohl für mich es können;
Auch bin ich, ein Pferd zu spornen,
Manns genug."

„Wohin zu spornen?
(Sprach der Cid) Etwa zur Flucht?“

„Fast auch glaub' ich,“ sprach der König,
Unterbrechend diese Reden,
„Daß nicht Furcht zwar, aber Liebe
Euch so friedlich denken macht.“

„Weder Eines, noch das Andre,
Mein Monarch! kein ander Weibsbild
Sah man je an meiner Seite,
Als die Tizonada * hier.“

„Cid, Ihr duldet an Euch Fehler,
Die auch Steinen Stimme geben;
Möchtet Ihr nicht selbst die Kirche
Hier zum blut'gen Felde machen;
Und — um welche Kleinigkeit!“

„Herr!“ antwortete der edle
Feldherr, „mir ist's unerträglich,
Daß ein Mann, der in den Kleidern
Wohl Oelflecken, aber keines
Tropfen Bluts Blutflecken hat,
Daß der Mann vom Feldziehn sprechen,
Und dem König und dem Feldherrn
Unverschämt einsprechen darf.

* Cid's Degen.

Seine Stell' ist vor dem Chorpult,
Seine Pflicht, für die zu beten,
Die im Felde Streiche thun."

Besser wär' es dir gewesen,
Edler Cid, du hättest allen
Saracenen Hohn gesprochen,
Als der Kutte dieses Abts.

42.*

Wenn Ihr, um Euch hoch zu heben,
Meines Armes zu bedienen
Wisset, Ritter von Vivar,
So erwartet Ihr vergeblich
Künftighin auf diesem Wege
Euren Gang zum Firmament."

„Fürchterlich ist Euer Gradsinn;
Auf den Knien vor mir zu bleiben,
Ziemet Stolzen, wie Ihr seyd;
Vor mir Euer Haupt zu blößen —
Dessen Stolz sich g'nug entblößte,
Sammt der hassenswerthen Ursach'
Eures so gestiegnen Ruhms."

* Der König spricht.

„Welches edle Unternehmen
Hielt Euch, seit dem letzten Winter,
Meinem Hofe so entfernt?
Warum tragt Ihr, da zum Hofmann
Edel Ihr geboren wurdet,
Warum tragt Ihr Bart und Haare
Wie ein Wüsten-Eremit?
Mir antworten auf die Frage
Werdet Ihr wohl nicht, das weiß ich;
Doch ich weiß auch, Heucheleien
Gibt es von verschiedner Art.“

„Und ob Ihr mir sagen wolltet,
Daß dem Feldherrn, sich zu putzen,
Weder Zeit noch Lust gebeut;
So geruht mir auch zu sagen,
Warum Ihr denn meine Plane,
Sie enthüllend, scheitern machtet,
Ihr wißt es, zu Alcala?“

„Feinde, werdet Ihr mir sagen,
Hab' ich; ja, so sagt der Beste,
Und wohl auch der Schlechteste.
Feinde, das darf ich Euch sagen,
Feinde habt Ihr allenthalben;
Keinen Freund. Und ohne Freunde
Ist der Redlichste auf Erden
Wohl auch der Unnützeste.“

„An den Grenzen meines Reiches
(Sagt man) fürchten Euch die Mauren,
Andre lieben Euch, und Alle
Ehren Euch als einen Gott.
Wohl! prägt ihnen ferner Achtung
Ein für Euch, auch mir entgegen.
Einer, dessen Freund Ihr nicht seyd,
Ali-Maimon in Toledo,
Bleibt mein Bundsgenoß und Freund.“

„Nach dem unglücksel'gen Tode
Meines Bruders küßten Alle
Mir die Hand, Ihr nicht, der Cid;
Ihr dagegen ließet schwören
Und verhöhntet mich, den König,
Mit dem Eidschwur auf die Bibel,
Und die Leimruth' und das Schloß.“

„Stolz betruget Ihr Euch damals,
Und um diesen Stolz zu beugen,
Sag' ich Euch was damals Viele,
Viele sagten: Den Verräther,
Den Bellido, hätte freilich
Cid erfassen, tödten können,
Als ein Mann von Ehr' auch sollen;
Zeit hatt' er genug dazu.
Doch er that es nicht; denn immer
Thut der Cid nur, was er — will.“

„Keiner, der mir angehörte,
Mann und Weib, es dachte Keiner,
Daß an meines Bruders Tode
Theil ich hätte; nur der Cid.
Seinen Tod sandt' ihm der Himmel
(Sagten Alle) Ungehorsams
Wegen gegen seinen Vater;
Nur der Cid argwohnete."

„Dessen dann und anderswegen
Bann' ich Euch zum zweiten Male
Fern aus allen meinen Reichen,
Und bemächtige mich Eurer
Güter; wem anheim sie fallen,
Dies entscheide mein Gericht.
Auch verbiet' ich Euch auf Alles,
Was ich Euch gesagt, die Antwort."

Also sprach, von schlechten Menschen
Angereget, Don Alfonso;
So sprach er zum Ruhm und Spiegel
Aller Tapferkeit, zu Cid.

43.*

Euch antworten muß ich, König,
Denn ich hab' Euch zu antworten,
Und ich kenne, wer die Antwort
Mir verbieten darf, nur Einen,
Und der Ein' ist nicht auf Erden,
Gott! — Kein Braver darf sich fürchten;
Aber Unschuld geht zu Grunde
Durch unzeitig Schweigen, Herr."

„Hätten, Ehre zu zerstören,
Worte Macht, so war es besser,
Einen Dolch auf mich zu zücken,
Als zu reden, wie Ihr spracht.
Aber das Gesetz entehret,
Nicht der König. Ihr vermöget
Mich so wenig zu entehren,
König, als der schlechtste Mann."

„Ich auf Knieen vor Euch liegen?
Als ein Sklav? — Und mich zu heben?
Eures Arms bedarf ich nicht.
Keines Menschen Arms, als dieses,
Und der ist der meinige."

* Cid antwortet.

„Laßt sich die vor Euch bedecken,
Die Euch schmeicheln. Sie thun wohl.
Ich auch werde mich bedecken,
Ich, der nie Euch schmeichelte.“

„Daß ich nicht bei Hof erschienen,
Und was ich beim Friedensbündniß
Für Euch that zu Alcala,
Hiervon schweig’ ich. Wer die Gutthat
Nicht empfand, die ihn verbindet,
Dem wird sie umsonst erklärt.
Des Wohlthäters Rede löschte,
Gleich dem Schwamm, die Wohlthat aus.“

„Es erfreu’ Euch, Don Alfonso,
Daß den Cid die Mauren achten;
Wenn sie ihn nicht mehr verehren,
Fürchten sie Euch schwerlich mehr.“

„Euer gutes Herz, o König,
Bring’ Euch lieber in Gedanken,
Was ich Gut’s für Euch gethan.
Hätt’ ich Euch, o König, wollen
Mit den Flecken der Verachtung
Vor mir sehen auf dem Thron,
Wahrlich, ich hätt’ Eure Ehre
Durch den Schwur nicht hergestellt.“

„Wer mir von Bellido redet,
Kann mich wahrhaft tief betrüben,
Aber nicht beleidigen;
Freilich hätt' ich ihn ergriffen,
Fehleten mir nicht die Sporen —
Ach, in solchen Fällen seufzet
Jedes edle, brave Herz;
Indem es den Fehl gestehet,
Fühlt es schmerzlicher die Schuld."

„Endlich, da ich mein Vermögen,
König, Eurem Dienst geopfert,
Da ich, was durch meine Waffen
Ich erworben, Euch verehret,
Was wollt Ihr mir nehmen, Herr?
Weder Ihr noch Eure Räthe
Können finden, wo nichts ist."

„Aber von nun an, o König,
Von nun an will ich erwerben,
Ich für mich und nicht für Euch.
Nicht, weil Ihr's befahlet, König,
Frei entfern' ich mich, beleidigt,
Weil Ihr also zu mir spracht.
Ehrenlos, wer von dem König
Solche Reden duldete."

„Sey mit Euch des Himmels Jungfrau,
Eure Waffen zu beglücken,

Daß Ihr nie vermißt, o König,
Einen Degen, der Euch fehlt.“

Also sprach der Cid zum König;
Dies sind seine ächten Worte,
Eh' er in die Bannung zog.

44. *

Undankbar-grausamer König,
Undankbarer Don Alfonso!
(Also rief in ihrem Schlosse,
Rief Ximene zu Vivar)
Mir gehört's, dich anzuklagen;
Denn allein der Weiber Herzen
Geben der Empfindung Laut."

„Unglück, Unglück dir, o König,
Daß du meinen Cid beleidigt!
Zwar mit Worten nur; du durftest
Es nicht anders; mit dem Degen,
Mit ihm redet mein Gemahl.
Müßig wär' er in der Scheide
Nicht geblieben, wär'st, o König,
Wärest du ein Edelmann."

„Du verbannst ihn — welche Einfalt!
Ueberall in der Verbannung
Schafft sich Cid ein Vaterland.
Lässest beißen ihn vom Neide;
Der zerbeißt an ihm die Zähne:
Mein Cid ist bedeckt mit Stahl.
Lässest ziehn ihn mit dem Degen;
Wohl, du wirst zurück ihn wünschen,

* Ximene spricht.

Wünschen in der ersten Schlacht.
Eher schätzet man das Gute
Nicht, als bis man es verlor."

„Was denkst du, das ihn gereue?
Reut ihn etwas, o so ist es,
Feinde sich gemacht zu haben
Um Freundschaft der Könige;
Ihrer Ohnmacht aufzuhelfen,
Furchtbar sich gemacht zu haben;
Deine Staaten zu vergrößern,
That er Alles, was er that.
Ohn' ihn wären deine Reiche
Nur Asturiens Felsen noch."

„Und wie hat er dir gedienet?
Hätt' er es gethan, wie jene
Hofeskrieger, die dir schmeicheln,
Dich erheben, dich belügen:
Jetzt noch wär' er dir gar theuer,
Seine Dienste wohlbelohnt.
Sahst du ihn dagegen aber
Lieber geben, als empfangen —
Undankbare Fürsten drücket,
Drückt und dränget nichts so schrecklich,
Als großmüth'ger Unterthanen
Edelmuth — auch gegen sie.
Geht dann, gehet, Don Alfonso,

Euer Bann sey denen Strafe,
Die am Hofe, Müßiggänger,
Fürchterlich sind — nicht den Mauren,
Aber manchem edeln Mann,
Dessen Weib sie seitwärts locken,
Locken wie die jungen Hirsche,
Wenn der Mann für Lieb' und Ehre
Kämpfet und zu Felde liegt."

„Unglück, Unglück dir, o König!
Gunst und Wahrheit waren Einmal
Nie beisammen in der Welt.
Du, du gehst umringt von Hunden,
Hunden, die dir heute schmeicheln,
Morgen bei dem ersten Fehltritt
Dich anfallen, dich zerreißen.
So umgeben ist ein König,
Der, von Günstlingen verblendet,
Seiner Seele Blick verlor."

Also sprach in ihrem Zorne
Cids Gemahlin, nie ablassend
So zu reden, als wenn Thränen
Hemmten ihrer Klage Ton.

45.

Als der gute Cid, der Feldherr,
Dessen Leben Gott bewahre,
Gott mit aller seiner Macht;
Als er ab nun reisen wollte,
Mit Ximenen und den Töchtern,
Mit dem Hofe seiner Edeln,
Fand er alle seine Güter
In den Kriegen aufgezehrt;
Fand er keinen Maravedi,
Zu bestreiten seinen Zug.

Jene prächt'gen Hyacinthen,
Die die Könige der Mauren
Einst verehrt dem großen Cid,

Legt anitzt Donna Ximena
In die Hände des Gemahles,
Zum Versatze, zum Verkauf.

Donna Sol und Donna Elvira,
Die zwei liebenswürd'gen Kleinen,
Als den Schmuck sie glänzen sah'n
Und von dem Verkaufe hörten,
Bitter flossen ihre Thränen,
Seufzer stiegen aus dem Herzen
Der unschuld'gen Kleinen auf.
„Ach, die schönen Prachtjuwelen,
Zum Versatze, zum Verkauf!"

„Gleichen," sprach der Cid, „die Kinder,
Die um das, was glänzt, nur seufzen,
Gleichen sie nicht Königen?
Weiber, Könige und Kinder,
Eben ihrer Schwachheit wegen
Werden sie uns achtenswerth;
Denn der Schwachheit nachzugeben
Ist des Starken Pflicht; Ximene,
Geben wir den Kleinen nach."

„Und behalten die Juwelen?"
Riefen froh die kleinen Mädchen;
Die des Vaters Bart sonst scheuten,
Ihn zu küssen, klimmen an ihn,
Küssen ihn mit Herzenslust.

Kommen ließ der Cid zwei Juden,
Neben sich an Tafel sitzen
Mit viel Ceremonien;
Will von ihnen tausend Goldstück'
Auf die Sicherheit von zweien
Großen Kasten, angefüllet
Mit all' seinem Silberwerk.
Jedoch unter der Bedingung,
Nicht vor Jahresfrist die Kasten
Zu eröffnen, und nur dann erst
Sich zu halten an den Inhalt,
Wenn er sie nicht ausgelöst.

Mehr gesichert durch den edlen
Namen Cids, als durch die Kasten,
Zahlten ihm die zwei Beschnitt'nen
Tausend Goldstück'; gingen Beide
Die Bedingung ein; doch nahmen
Sie mit sich die schweren Kasten,
Die der Cid (so wollt' es jetzo
Seine Noth) mit Sand gefüllt.

That dem Herzen Cids das wehe?
Nicht im mind'sten. Herzhaft that er's,
Voll Vertrauen auf sein Glück.
Auf, Ximene! Jetzt zur Kirche!
Weih'n wir jetzt zur Hülfe Gottes
Meine Waffen, mein Panier!

46.

Laut von Priestern und von Kriegern
War die Messe Cids gesungen,
Und das heilige Geheimniß
Mit Drommeten laut begrüßt;
Cymbeln klangen, Pauken schallten,
Daß die heiligen Gewölbe
Bebten; aller Krieger Herzen,
Der dreihundert Unverzagten,
Füllt ein neuer Heldenmuth

Zu dem Kampf entgegen Mauren,
Mauren in Valencia.

Als geweihet war die Fahne,
Nahm der Cid sie in die Hand,
Also sprach er: „Arme Fahne
Eines armen und verbannten
Castiljaners, nach dem Segen,
Den auf dich der Himmel legte,
Mangelt dir nur Spaniens Achtung,
Und die sag' ich dir vorher.“

Hiermit rollt er auf die Fahne,
Hebt sie schwingend in die Lüfte:
„Sieg und Ruhm wird dich begleiten,
Fahne, bis vielleicht du fliegest
Neben Königes Panier.
Don Alfonso, Don Alfonso!
Unter der Sirenen Sange
Schlummerst du; dir drohet Unglück,
Wenn du, wenn du nicht erwachst.“

„Krieger,“ sprach er, „ist's nicht also?
Wir sind aufgeweckt. Entehret
Wären wir, die etwas werth sind,
Dort, wo Keiner etwas taugt.
Achtung und Verdienst, sie haben
Nur an ihrer Stelle Werth.“

„Eingewiegt von den Sirenen,
Schlummert dort der tapfre König;
Nutzen wir den tiefen Schlummer,
Die Boshaften zu erschrecken,
Nicht am Hofe, sondern fern.
Fürchterlicher ist den Bösen
Nichts, als derer, die sie hassen,
Fern erworbner, schöner Ruhm.
Tausend edle Herzen seufzen
Ingeheim, verfolgt von Bösen;
Glücklich, wenn, sie zu enthüllen
Vor dem Angesicht des Weltalls,
Sich, wie uns, der Anlaß beut.“

„Edle Fahne, in den Lüften
Flatt're stolz, die Zuflucht Aller,
Die das Laster seufzen macht.“

Nieder senkt' er jetzt die Fahne:
„Tapfre Krieger, meine Freunde!
Rache des Vasallen gegen
Seinen angebornen Herrn,
Auch gerecht, erscheint sie immer
Nur als Aufruhr und Verrath.“

„Die Beleidigung verschmerzen,
Ist das Merkmal höh'rer Seelen,
Ob sie sie gleich tief gefühlt.

Gält' es Rache, mir entflöhen
Meine Feinde nicht; ich folgte
Ihnen nach zum Firmament."

„Hier, o Krieger, in des Friedens
Und der Liebe heil'ger Wohnung,
Hier blas' ich jetzt in die Lüfte
Das Gedächtniß meiner Schmach.
Jegliches Gefühl der Rache
Geb' ich athmend hin den Winden,
Einzig trag' ich meine Waffen,
Die ich für mich selbst anlegte,
Einzig trag' ich für Castiljen
Sie und für die Christenheit.
Hab' ich Stärke g'nug, so pflanz' ich
Meine Fahne gen Toledo,
Und was dort ich dann erwerbe,
Heiße Neu-Castiljen."

„Unterdeß für jetzt, ihr Freunde,
Da uns eine Herberg' fehlet,
Ist uns baldigst die Erobrung
Eines kleinen Schlosses Noth.
Wer auf mehr als Ehre wartet,
Der verlasse mein Panier."

Hiemit hob er auf die Fahne:
„Edle Fahne, schwinge, schwinge

Dich entfaltend durch die Lüfte!
Clarinetten und Drommeten,
Tönt! Ihr Trommeln und ihr Pauken,
Euer Sammtgehall erschrecke
Nur die Schwachen und die Bösen
Und der falschen Heuchler Zunft!“

47.

Kön'ge wollen ihre Diener
Nur an ihrem Platze sehen;
Den Erhabneren darüber
Drücken sie, wie Buhlerinnen
Den verächtlich-stolz behandeln,
Der sich, ihnen zu gefallen,
Nicht verächtlich machen ließ;
Oder wie die großen Götter,
Deren hoher Zorn im Donner
Nur das Binsenrohr verschont.

Als des Cids ruhmreichen Abzug
Don Alfonso's Ohr vernahm,
Sprach, in Mitte seines Hofes,
Sprach er also: „Weggewandt
Hat sich heut' von unsern Fahnen
Wohl der Tapferste der Ritter,
Der je maurisch Blut vergoß!"

„Schien zuweilen seine Freiheit
Schrankenlos und nah' der Kühnheit:
Ihm vielleicht war diese Freiheit
Zu erlauben, seiner Treue,
Seiner alten Liebe wegen,
Die für unser Haus er trug."

„Jetzo geht er; und auf lange —
Ein einfacher Mann; und tausend,
Tausend Herzen gehn mit ihm.
Ein einfacher Mann; verliert er
Mit dem Hofe, wo er nichts war,
Etwas? Einzig schon sein Name
Macht ihm einen andern Hof,
Wo er alles ist. Vom Schlosse,
Wenn ein hoher Stein sich losreißt,
Folgen bald ihm andre nach.“

„Könige sind nie in Ruhe.
Dieser will und der den Degen;
Und an alles soll der König
Denken, prüfen, widerstehn —
Sagt' ich dem gesammten Hofe,
Daß der Cid mir für euch Alle
Gilt, nähm' ich euch das Vergnügen
Seines Falles, und ihr nähmet
Meine Red' als Vorwurf auf;
Oder sprächet: das sind Launen,
Launen sind's der Könige.“

„Summa: Cid, der erste Krieger;
Edel, auf der Ehre Gipfel,
Treu, verständig, mannhaft, klug —
Ohne Beugung vor dem Herren,
Was kann er vom Herrn erwarten?

Also bleib' es, wie es ist.
Damit auch die fremden Völker
(Hört es Alle, die umherstehn),
Damit auch die fremden Völker
Sagen, daß König Alfonso's
Ahndung keiner seiner Diener,
Selbst der Cid auch nicht, entging."

48.

Dasteht nun der Cid gerüstet!
Unwissend, was werden solle,
Schwört der Maure bei Mahoma.
Daß er Cid beleidigt habe,
Reuet jetzt König Alfonso;
Doch der Cid, er steht in Waffen;
Es geht nach Valencia.

Dasteht nun der Cid gerüstet;
Aufgestützt auf seinen Degen,
Spricht zuletzt er mit Ximenen —

Babieça beißt die Zügel,
Heiß-erwartend ihren Reiter,
Und des Cids Paniere rauschen
In der Luft, erwartend ihn:

„Warum weinet Ihr, Ximene?
Ist so schwach denn unsre Liebe,
Daß sie nicht ertragen könne
Einige Abwesenheit?
Jeder Edle ist dem König
Dienste schuldig; dem Gerechten
Leistet man sie pflichtenmäßig,
Undankbaren schenkt man sie.“

„Muth und Sinn ist euer Erbtheil,
Tochter eines Heldenstammes,
Die Gemahlin eines Kriegers,
Frei von jeder Weibesschwachheit,
So, Ximene, lass' ich Euch.“

„Jeden Augenblick des Tages
Wendet wohl an, nähend, stickend;
Singt am Abend mit den Töchtern,
Und, um Euer Haus zu ordnen,
Wachet mit Auroren auf.“

„Zu Vergnügungen verlass' ich
Euch die Sorge für die Heerden,
Für die Wolle, für's Gefieder;

Nie, Ximene, nie seyd müßig:
Arbeit ist des Blutes Balsam,
Arbeit ist der Tugend Quell.“

„Eure reiche Kleidung schließet
Ein, bis auf mein Wiederkommen;
Nicht, darin mir zu gefallen,
Sondern mir zur Ehre dann.
In Abwesenheit des Mannes
Kleidet einfach sich die Frau.“

„Junge Mädchen, fern vom Feuer,
Wie den Werg; doch laßt die Töchter,
Wenn Gefahren Ihr entfernet,
Sie nichts merken von Gefahr.
Lasset sie an Eurer Seite
Schlafen und hinaus ins Grüne
Nie ausgehen ohne Euch.
Töchter ohne ihre Mutter
Sind wie Lämmer ohne Hirt.“

„Zeigt den Hausgenossen Würde,
Euren Frauen seyd gesprächig;
Gegen Freunde seyd bescheiden;
Gegen Euch und Eure Kinder
Unnachgebend=streng und fest.
Keiner Freundin, auch der besten,
Zeiget einen meiner Briefe,
Wie ich keinem meiner Freunde

Einen Eurer Briefe zeige;
Denn das Band der Eh'genossen
Ist ein zart-vertraulich Band."

„Nie erwirbt man sich Hochachtung,
Wo man Alles von sich wissen,
Alles übersehen läßt.
Die geschwätzige Gemahlin
Zieht den Mann in ihr Geschwätz,
Macht dabei sich selbst verächtlich;
Und doch ruhet auf der Achtung
Eines Hauses seine Macht."

„Sollt' es Euch bisweilen Mühe
Kosten, meiner Briefe Inhalt
Zu verbergen: denn der Freude
Botschaft, sie verbirgt sich schwer:
So entdeckt es, sie zum Schweigen
Zu gewöhnen, Euren Töchtern;
Ihrem Vater zu gefallen
Schweigen, weiß ich, sie gewiß."

„Nehmet Rath von keinem Manne;
Fragt, was ich Euch rathen würde,
Wär' ich da, und folgt dem Rath.
Und in schweren Dingen — schreibet;
Nie verläßt Euch meine Feder,
Wie mein Degen und mein Herz."

„Zwei und zwanzig Maravedis
Lass' ich Euch zur Tages-Ausgab';
Haltet Euch darnach; der wahre
Adel steht nicht im Ersparen,
Doch auch im Vergeuden nicht.
Seyd Ihr geldbedürftig, lasset
Keinen, als nur mich es wissen;
Keinen Eurer Leute setzet
Je zum Pfande; suchet lieber
Geldessummen auf mein Wort."

„Auf mein bloßes Wort, Ximene,
Dieses, wie des Himmels Veste,
Weiß man, ist fest und gewiß.
Wie ich mich für Andre schlage,
Glaubt so werden sich auch Andre
Froh bemühn für mich und Euch."

„Lebet wohl! Und einen Kuß noch!
Einen nur; ich bringe keinen
Aus den Schlachten dir zurück.
Lebe wohl, meine Ximene! —
Fort! die Krieger möchten sagen,
Ich sey hier dein Bräutigam."

Der Cid

zu

Valencia und im Tod.

49.

Handelt ungerecht der König,
Will der Cid nicht also handeln;
Er verließ sein Weib in Thränen,
Und in Thränen seine Töchter,
Alle von ihm hochgeliebet,
Brach in Länder ein der Mauren,
Ueberwand sie in Gefechten,
Er erobert' ihre Schlösser,
Legte ihnen Zins und Pflicht auf.
Als er Alcocer erobert,
Schlossen ihn die Mauren ein;
Zahlreich waren ihre Heere,
Keinen Ausfall waget' er.

Da trat zu ihm Alvar Fañez,
Der sich nannte von Minaya;
„Galt es dazu unsre Mühe,“
Sprach er zu den Kriegsgenossen,
„Daß wir unser Land verließen,
Um uns hier den Bart zu kämmen;
Brod, das müßig wir hier zehren,
Krieger, ist kein Ehrenbrod.
Auf! hinaus unter die Mauren!“
„Alvar Fañez von Minaya,“
Sprach der Cid, „du redest tapfer.
Du sprichst wie ein Ehrenmann.
Nimm die Fahne!“

„Und beim Schöpfer
Schwör' ich dir,“ antwortet dieser,
„Wo du sie vielleicht nicht selber
Hinträgst, aus Bedenklichkeit,
Trag' ich sie.“ Der Ausfall glückte.
Alvar Fañez von Minaya
Drang fort in die Mauren-Länder.
Zwar beklagten sich die Mauren,
Da sie Königes Alfonso's
Schutz genössen, über Unrecht.
Aber welcher Ueberwundne
Klaget über Unrecht nicht?

50.

Briefe ließ der König schreiben,
Stolze Briefe an den Cid,
Voll von mancherlei Verleumdung
Seiner Feinde, der Spione;
Was dem Grafen Consuegra
Cid antwortete, vernehmt.

„Edle Männer von Villalon,
Tapfre Ritter von Valverna,
Gute Leute von Vilalda,
Gute Christen von Salsueña,
Böse Spürer des Betragens
Andrer, les't und leset recht!“

„Don Rodrigo ist mein Name,
Wohl auch Cid Campeador.
So ergeben meinem König,
Als mein Weib, Ximene, mir,
Leb' ich als ein schlichter Kriegsmann,
Der kaum zweimal in der Woche
Ab die Kriegeswaffen legt:
Schlafe nirgend als im Zelte,
Thue keinem Freunde Uebel,
Stünd es auch in meiner Macht.
Haue nur mit meinem Degen,
Aber nie mit Zung' und Feder;

Esse sitzend auf der Erde,
Weil mir eine Tafel fehlt;
Lasse Niemand mit mir speisen,
Als die Braven und die Guten,
Anzuspornen, durch die Sitte,
Meiner Freunde Heldenmuth.
Unsre Tischgespräche scharren
Nie auf die begrabnen Todten,
Greifen nie dem Urtheil Gottes
Ueber die Lebend'gen vor.
Ich, der Cid, ich spreche selten,
Kümmre wenig mich um Andre,
Frage nichts, als ob Babieça
Sey gewartet und gezäumt,
Aufzusitzen gleich nach Tafel,
Neu zu eilen ins Gefecht."

„Lege nieder mich zum Schlafe,
Nicht zu wachen und zu sinnen,
Wie auf Wegen des Betruges
Ich erschleiche fremdes Gut.
Wach' ich auf, so geht's zu Felde,
Hier — ein feindlich Schloß zu nehmen,
Oder — liegen es zu lassen,
Wie das Glück will, wie es fällt."

„Bin ich einsam, so gedenk' ich
An mein Weib, und das mit Seufzen;

Weinend mußt' ich sie verlassen,
Klagend, wie die Turteltaube;
Und wohl einsam, und wohl traurig
Lebet jetzt sie in der Fremde;
Doch sie lebet glücklich dort."

„Uebrigens, ihr hohen Herren,
Kann und darf der Cid antworten
Jedem, wer es sey, der frägt;
Er darf seine Seel' enthüllen
Ohne Lug und ohne Scham."

51.

Dort wo seine Tapfern tafeln
Rief der Cid, doch unvermerket,
Einen Krieger, der im letzten
Treffen übel sich erzeigt,
Martin Pelaëz, er rief ihn
Seitwärts und sprach so ihm zu:

„Essen Beide wir zusammen
Heut' an dieser sondern Tafel:
Denn das Mahl mit jenen Tapfern,
Die mit hohem Ruhm dort sitzen,
Steht für heute uns nicht zu.
Esset Ihr von Eurem Schemel,

Ich von diesem; Beide werden
Wir hier wohl beisammen seyn."

Fort fuhr er in dem Gespräche:
„Jene, die an hoher Tafel
Dort mit Alvar Fañez speisen,
Sind Dämonen, leiden keinen
Neben sich, der seine Ehre
Nur im mindesten befleckt.
Ehre duldet keine Flecken,
Jeder Fehl an ihr ist Brandmal,
Brandmal auf der schönsten Stirn'.
Diesen Makel und sein Elend
Wegzutilgen, das vermögen
Spaniens reiche Schätze nicht."

Und sprach weiter: „Eine Quelle,
Abzuwaschen solchen Flecken,
Quellet in des Feindes Brust.
Feindes Blut tilget die Schande
Des Verzagten. Lieber sterben,
Junger Mann, als scheu'n sich müssen
Und sich nicht erkühnen dürfen,
Mit den Braven umzugehn."

„An die Thaten Eures Vaters,
Meines guten Freundes Pedro
Pelaëz, laßt uns gedenken;
Ha, wie spaltete sein Schwert!

Die Beispiele solcher Männer
Sollen uns aufmuntern, Jüngling,
Das zu thun, was jeder brave
Mann gehalten ist zu thun.
Bitten dürfen wir dann jene
Alten Teufel, daß sie wieder
Uns an ihre Tafel nehmen.
Sprecht mir, junger Mann, die Worte,
Mir mit Mund und Herzen nach:"

„Lieber unterm Fuß der Heidenrosse
Sterben und zerquetscht, zertreten werden,
Als daß Einer der lebend'gen Christen
Ehrlos uns vertreib' aus der Gesellschaft."

„Setzt Euch fest auf diese Worte, Jüngling,
Daß, wenn wir auf jene Ebne kommen,
Sie der Wind nicht etwa Euch entnehme.
Auf, zum Schwert! Eu'r Pferd habt Ihr verloren.
Sorget nicht; ich geb' Euch gleich ein andres."

Leise sprach er dies' und andre Worte
Zu dem Jüngling. Es ward aufgestanden;
Da ergriff er bei der Hand ihn, rufend,
Rufend aus mit seiner Eisenstimme:

„Lieber unterm Fuß der Heidenrosse
Sich zertreten lassen, als bei Christen
Leben und entehrt seyn."

Also rief er.

Indem tönten die Drommeten,
Clarinetten, Cymbeln klangen;
Auf, ins Feld! Es geht zum Siege,
Krieger, gen Valencia!

Von den Reden Cids entflammet
That an diesem Tage Wunder
Pelaëz, vorm Auge Cids.

52.

Da die Königin des Himmels,
Die gebenedeite Jungfrau,
Uns, Valencia zu erobern,
Hülfreich beigestanden hat,
Pedro, so geht zu den Mauren,
Schafft den Leidenden Erquickung
Und dem Todtenheer ein Grab."

„Sagt den Ueberwundnen allen,
Männern und den Weibern saget,
Daß, die Stolzesten im Kriege,
Wir die Sanftesten im Frieden,
Menschlich und großmüthig sey'n."

„Regt sie an, zu mir zu kommen,
Daß ich selbst mit ihnen spreche,
Und für ihre Schätz' und Weiber
Bleibe Keinem eine Furcht.
Denn mir fehlen für die Schätze
Kasten, und für ihre Weiber
Fehlt ein Frauen-Harem mir.

Eine nur ist meine Gattin,
Eine meine echte Frau."

„Alvar Fañez, auf! zu meiner
Armen, leidenden Ximene.
Führt sie her und meine Kinder;
Nehmt auch etwas Gold mit Euch,
Daß sie sich das Nöth'ge kaufen
Und anständig hier erscheinen,
Diese schöne Stadt zu sehen
Und Rodrigo, ihren Freund."

„Ferner dreißig Mark an Golde
Nimm mit dir, dem heil'gen Pedro
Lege sie auf den Altar.
Auch zweitausend Silberstücke
Stelle den ehrhaften Juden,
Israel und Benjamin,
Bittend zu, mir zu verzeihen
Meine allereinz'ge Lüge,
Die ich lebenslang beging."

„Die verpfändeten zwei Kasten,
Die verschlossen sie annahmen,
Glaubten sie voll guten Goldes,
Und sie waren voller Sand.
Dennoch war es keine Täuschung:
Denn mein Wort war in den Kasten,
Und mein Wort ist gutes Gold."

„Antolinez, Ihr begleitet
Alvar Fañez. Seine Zunge
Ist ein wenig träg', und Eure,
Sie gefällt im Sprechen sich.
Auf! Erzählet der Ximene
Unsre Abenteuer alle,
Helft ihr dann auch im Gesange:
Denn sie liebt in frohen Stunden
Die Guitarr' und den Gesang."

„An den Hof des Königs ziehet
Dann auch Beide miteinander;
Ueberreicht ihm die Geschenke,
Mit der ehrerbiet'gen Bitte,
Daß er Gattin mir und Kinder
Gnädig lasse mit euch ziehn."

„Was in deiner Kriegersprache
Du zu sagen hast, vergiß nicht,
Alvar Fañez, auch kein Wort.
Wohl, daß einem Held am Hofe,
In der Schule seines Lehnherrn,
Du dabei zu lachen gibst.
Andre werden meine Plane,
So wie deine Worte, meistern
Und bespötteln. Mach' es also,
Daß dem Neide nichts auch bleibe,
Als das Gift in seiner Brust."

„Zieht dann, meine Freunde, ziehet!
Wenn hieher zurück ihr kehret,
Findet ihr mich Ueberwinder
Andrer Mauren, meiner Feinde,
Oder — findet mich nicht mehr.“

53.

Angekommen itzt zu Burgos,
Küssete die Hand dem König
Alvar Fañez von Minaya,
Antolinez neben ihm.

„Unterthänige Geschenke
Ueberbring' ich, großer König,
Von dem stolzesten Vasallen,
Den Ihr aus dem Reich gebannt."

„Und mich selbst in dieser Sendung
Nicht zu täuschen, so erlaubet,
Daß ich Euch die Worte sage,
Die er zu mir selbst gesagt;
Denn wo Cid nicht ist, bin ich."

„Also sprach er: „Aus Valencia
Send' ich, was von dem Vasallen
Seinem Oberherrn gebührt.
Das Andenken an die Härte,
Die Ihr, König, mir erwiesen,
Längst ist es aus meiner Brust.
Vielmehr' segn' ich Alles, Alles,
Was daher zu meinem Ruhme
Und für Euer Reich entsprang.
Ueberreichen wird Euch Fañez
Hundert ritterliche Pferde,
Mit den Decken und Geschirr;
Hundert Sklaven, die sie führen,
Und im Kasten dreißig Schlüssel
Von den Städten und den Schlössern,
Die hiemit Euch der Verräther,
Die der Cid Euch übergibt."

„Stolz bezahl' ich meine Schulden,
König, mit den Gütern reicher
Ueberwundner Könige.
Einem Armen und Vertriebnen,
Dem Ihr nichts, o König, ließet,
Blieb nichts übrig, als auf Kosten
Andrer Euch befriedigen."

„Alvar Fañez, mein Gesandter,
Ist ein Krieger, der sich selber
Sein Gut zu erwerben weiß;

Er begehret nicht Geschenke,
Nur daß Ihr ihm, König, zusprecht,
Wie es seiner Ehre ziemt.
Was ich nie von Euch erlangte,
Wahrlich, das verdienet er."

„Ehrenworte kosten wenig,
Und sie sind so reich einträglich
Einem guten Könige;
Sie gewinnen ihm die Herzen,
Wenn bei ungerechten Worten
Sich das treuste ihm entzieht.
Daß der Cid Euch treu blieb, König,
Traut, o trauet nicht dem Beispiel;
Viele sind vielleicht an Muthe,
Wen'ge ihm an Großmuth gleich.
Edel hielt er's, Euch zu dienen,
Andre könnten's edel halten,
Sich zu rächen für die Schmach.
Wer den Dolch Bellido reichte,
Kann ihn dreißig Andern reichen,
Wenn er sie dafür bezahlt.
Fing Bellido nicht mit Schmeicheln
Seinen Trug an bei Don Sancho,
Den sein Dolchstich endete?"

„Wer Einmal den Schmeichlern wohlthut,
Leget sich die harte Noth auf,
Immer Ihnen schön zu thun.

Schmeichler sind es, die sich rächen;
Aus dem Honig ihrer Lippen
Machet Euch ein Bollwerk, König,
Und Ihr werdet es erfahren,
Wie dies Euch vertheidige."

„Werdet Ihr vielleicht mir sagen:
„Aus dem ungestümen Munde
Cids ergehen nichts als Lehren;"
Freilich ging wohl mancher König
Irre durch zu viele Lehren;
Aber der war stets verloren,
Dem kein Rath gefällig war."

Spottend hob ein Graf die Stimme,
Sprach mit höhnischem Gelächter:
„Klar ist's, lieber heut' als morgen
Wünscht der Cid sich her nach Burgos,
Um hier fort zu predigen."

Alvar Fañez stieß im Zorne
Rückwärts sich den Helm, und knirschend
Rief er: „wer hier wagt zu mucken —
Wo der Cid nicht ist, bin ich."

Alles schwieg; und Antolinez,
Er begann mit süßer Rede;
Seine sanften Worte rührten

So die Seele des Monarchen,
Daß er Augenblicks Ximenen
Frei es stellte, zum Gemahle
Hinzuziehn, zum großen Cid.

54.

Angekommen in Valencia,
Angelangt nach langer Trennung
In der schönen Stadt, gewonnen
Durch die Tapferkeit des Cid,
Lebten jetzt Donna Ximena,
Sie die Mutter und die Töchter,
Mit dem Cid, der hoch sie liebte,
In Verehrung, Freud' und Glück.

Als schnell eine Botschaft ankam:
„Miramamolin, der Große,
Nahe sich mit mächt'gen Heeren;
Fünfzigtausend Mann auf Rossen,

Die zu Fuße nicht zu zählen;
Ihm Valencia zu entreißen,
Nah' er mächtig sich dem Cid."

Wohlerfahren in den Waffen,
Rüstet dieser stracks die Vesten
Aus mit Vorrath und mit Volk;
Muntert auf dann seine Ritter
Freudig, auf gewohnte Weise,
Führte dann Donna Ximena,
Sie und seine beiden Töchter,
Auf des Schlosses höchsten Thurm.

Allda sahen sie zum weiten
Meer hinaus die Mauren kommen,
Sah'n mit großer Eil' und Sorgfalt
Sie aufschlagen ihre Zelte
Unter Kriegsgeschrei und Trommeln,
Kriegsgeschrei und Paukenhall.

Großes Schrecken faßt die Mutter
Wie die Töchter: denn sie hatten
Solche Heere nie zu Felde,
Nie auf Einem Platz gesehn.
„Fürchtet nichts, ihr Lieben alle,"
Sprach der Cid, „so lang ich lebe,
Nah' euch keine Sorg und Angst;

Morgen, und ihr sehet alle
Diese Männer überwunden;
Töchter, und von ihrer Habe
Mehrt sich euer Heirathsgut.
Je mehr ihrer, desto besser,
Desto reicher wird die Beute
Für die Kirche zu Valencia,
Die, dem Volk zu hoher Freude,
Morgen euch zu Füßen liegt."

Jetzt bemerkend, daß die Mauren
Nah sich an die Thore drängten,
Sonder Ordnung, im Gewühl,
Sprach er: „Alvar Salvadores,
Leget an Euch Eure Rüstung,
Nehmt mit Euch zweihundert Reiter,
Wohlgeübt auf ihren Rossen,
Und macht auf die Heiden Jagd,
Daß Ximene und die Mädchen
An dem Jagen sich erfreun."

Kaum gesprochen, so geschah es:
Im Getümmel, im Getrappel
Flohn die Mauren zu den Zelten,
Wer nicht fliehen konnte, blieb;
Doch hier wandten sie sich alle,
Und weil Alvar Salvadores

Vorwärts sich zu weit gewagt,
Fiel er in die Hand der Mauren,
Bis ihn Tags darauf mit reichem
Ruhm befreiete der Cid.

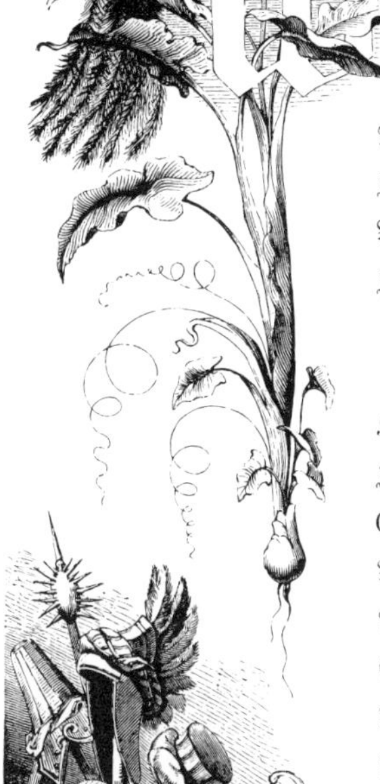

55.

Wohlgeordnet seine Völker,
Die zu Fuß und die zu Rosse,
Zog der Cid jetzt aus Valencia;
Aus dem Thor der Wasserschlange
Zogen sie hinaus ins Feld.

Seine Fahne trug Bermudes,
Hieronymus, der Bischof,
Zog in Rüstung mit dem Heere
Gegen den Barbarenkönig,
Miramamolin genannt,
Der dem Cid die schöne Beute,
Sein erworbnes Reich Valencia,
Mit wohl fünfzigtausend Reitern
Trotzig abzunehmen kam.

Als einander gegenüber
Mauren nun und Christen standen,
So viel Mauren Christen wenig,
War Alles in Furcht und Angst;
Bis auf seinem Roß Babieça
Cid erschien, in reichen Waffen,
Und mit lauter Stimme rief:
„Gott mit uns und San-Jago!“
Sprengte dann ein in die Feinde;
Hieb und tödtete; gebadet
War sein Arm im Heidenblut;
Wer sich ihm zu nahen wagte,
Jeder Maur' galt Einen Hieb.

Endlich fand den Maurenkönig
Selbst er auf im Schlachtgetümmel;
Dreimal traf er; dreimal schützte
Den Barbaren nur die Rüstung,
Bis er sich, erst hintern Hügel
Schleichend, dann in ein Castell zog,
Und dem Cid das Feld verließ.

Von dem Volk, mit ihm gezogen,
Blieben wenig' ihm der Tausend,
Was nicht todt lag, ward gefangen,
Und das Lager, reich an Silber,
Reich an Pferden, ward erbeutet;
Und im allerreichsten Zelte,

Das die Christenheit je sah,
Fand sich Alvar Salvadores;

Hocherfreuet war der Cid;
Hocherfreuet kehrten Alle
Nach Valencia; Mutter, Töchter,
Die vom Thurm die Schlacht geschauet,
Froh empfingen sie den Cid.

56.

Dankend Gott und San-Jago
Für den Schutz, den sie ihm schenkten,
Für die Kraft, die sie ihm liehen,
Auszufechten solche Schlachten,
Zu bezwingen so viel Mauren,
Zu gewinnen Städt' und Vesten,
Wie kein Andrer sie gewann;
(Denn Gott und der Erz-Apostel
Hielten ob ihm ihre Hand!)

Lebte Cid jetzt, hochgefürchtet,
Hochgefürchtet und verehret,
In Valencia mit Ximenen
Und mit seinen beiden Töchtern,
Donna Sol und Donna Elvira,
Die er über alles liebt.

Ringsum in Castiljen gingen
Von ihm Wunder-Neuigkeiten,
Also daß zwei junge Grafen,
Reiche Grafen Carrion,
Vor den König Don Alfonso
Bittend traten, daß er Beide
(Brüder waren sie) vermähle
Mit den edeln Töchtern Cids.

Don Alfonso, kein Bedenken
Findend an der reichen Heirath,
Lud den Cid ihn in Requeña
Zu besuchen, sprach mit ihm
Viel von seinen Wunderthaten,
Von den Schlachten, von den Siegen;
Rechenschaft gab ihm der Cid.

„Aber Ihr seyd alt geworden,
Guter Cid,“ sprach Don Alfonso.
„Großer König,“ sprach der Feldherr,
„So viel Sorg' und Kriegesarbeit
Macht schon alt; kaum hatt' ich Ruhe,
Kaum Erholung Einen Tag.
Alles indeß überstanden,
Ist Valencia Euch gewonnen,
Voll Vergnügen, voll von Gütern,
König, Euer Eigenthum.“

„Guter Cid, genießt das Eure,“
Sprach Alfonso; „mir genüget
Eurer Thaten Ruhm, die Ehre
Eines Feldherrn und Vasallen,
Wie kein Christenreich ihn hat;
Gerne wünscht' ich Euren Töchtern
Standesmäßige Gemahle;
Und da haben sich zwei Grafen,
Reiche Grafen Carrion,

Brüder, sie von mir erbeten;
Uebel wäre nicht die Heirath,
Und ich steh' für die Gefahr."

Sprach der Cid: „sie sind die Euren,
Guter König, und Ximenens
Wille ist gewiß der meine;
Die ich über Alles liebe,
Meine Töchter schenk' ich Euch."

Traten zu ihm beide Grafen,
Küsseten dem Cid die Hände;
Nach Castiljen zog der König,
Nach Valencia zog der Cid.

57.

Mit ihm zogen beide Grafen,
Ihm zu seinen Schwiegersöhnen,
Seinen Töchtern zu Gemahlen
Von dem Könige geschenkt.
Hoch erfreuet war Ximene,
Hoch erfreuet beide Töchter!
Alvar Fañez übergab sie
Den Gemahlen, und der gute
Erzbischof verlobte sie.

Feste werden angeordnet
Ritterkämpfe, Prachtturniere,
Mohren, Christen, Alle freuen
Auf das Fest sich, auf die Spiele;
Ach, ein böser Unfall störte
Alle Freuden, alle Lust.

Hört! Ein ungeheurer Löwe,
Den der Cid an seinem Hofe
Längst schon hielt, entkam dem Wächter,
Und, als wär' er angewiesen,
Lief er auf die beiden Grafen
(Eben schlummerte der Cid),
Warf die Tafel um und brüllte
Schrecklich. Sein Geschrei erweckte
Schnell den Schlummernden; er sprang
Auf den Stuhl, erhob die Stimme;
Und der Löwe, der ihn ansah,
Der die Eisenstimme kannte,
Wandte sich und ging zurück.

Blaß von Todesfurcht und Schrecken,
Schleichen jetzt die Grafen seitwärts,
Wähnend, daß zu ihrem Schimpfe
Dieser Scherz bereitet sey:
Darin stärket sie ihr Oheim,
Der zur Heirath sie begleitet;
Und so werden Eins sie Alle,
Abschied schnell vom Cid zu nehmen,
Wegzuziehn mit ihren Weibern,
Und zu rächen an den Töchtern,
Was am Vater sie nicht konnten —
O des schändlichen Beginnens!
O des bübischen Verraths!

Ehrerbietig treten Beide
Vor den Cid, Abschied zu nehmen,
Heimzuziehn mit ihren Bräuten
Und die Hochzeit dort zu feiern;
Also wünschte es ihr Vater.

Cid befremdet und betroffen,
Hielt in seinem großen Herzen
Beide — nicht für niederträchtig,
Nur für launig und unhöflich;
Doch der Mutter Herz wehklaget,
Und es schlägt das Herz der Töchter,
Unter Seufzern, unter Thränen
Scheidend; Cid begleitet sie.

58.

Auf geradem Wege zogen
Erst die Grafen; wohl empfangen
Von des edeln Cids Vasallen,
Freundlich auch von Jedermann:
Wer des Helden Namen kannte,
Wer des Helden Töchter sah,
War ihr froher Unterthan.

Auch die Schwiegersöhne heucheln
Freundlich ihrem guten Vater,
Der beklommen von den Töchtern
Und mit Seufzen Abschied nahm;
Denn ein Strom gepreßter Thränen

Gießt sich auf der Töchter Wangen:
„Warum geht Ihr, guter Vater?
Wem verlaßt Ihr Eure Töchter?
Warum gehst du, edler Cid?“

Seitwärts ab vom Wege lenken
Jetzt die Grafen in die Wüste,
Voraussendend ihren Zug.
Und als tief sie im Gebirge
Waren, einsam von den Menschen,
Heißen sie die edlen Donnas
Niedersteigen von den Mäulern;
O der niedrigen Verräther!
O des schändlichen Verraths!

Rache jetzt an Cid zu nehmen,
An Cid, der sie nie beleidigt;
Auch des Castiljaneradels
Neid und Haß und bittern Groll
Auszugießen, einzuprägen
Unauslöschbar auf sein Haus:
Reißen sie den Schmuck der Kleider
Ab vom Busen der Vermählten,
Schleppen sie an ihren Haaren,
Geben Streiche ihren Wangen,
Ihren Rücken Riemenstreiche,
Daß ihr Blut zur Erde fließt.

„Habt das jetzt für euren Vater,
Für den großen Cid, den edeln,
Der den Castiljaner Adel,
Der den Hof verachtend schmähte,
Der auf uns den Löwen ließ.“

Also ließen sie die Beiden,
Die Unschuld'gen, angebunden
Tief im Wald an einem Baum.
Und wie nach vollführtem Siege
Ziehen fürder sie die Straße.
„Wo ist unsre Herrschaft blieben?“
Fragt der Zug. Die Grafen sprechen:
„Donna Sol und Donna Elvira
Beide sind sie wohl versorgt.“
O der niedrigen Verräther!
O des schändlichen Verraths!

Doch vom Himmel und im Herzen
Ihres edlen, großen Vaters
War die Rettung der Verlass'nen
Wunderbar vorherbestimmt.
„Reitet,“ sprach der Cid beim Abzug
Zu Ordoño, seinem Neffen,
„Reitet querhin durch die Wüste,
Zu Valencia sehn wir uns.“

59.

Angstgeschrei und Weh und Seufzen,
Aechzen wie der Sterbenden,
Drang hinauf von den Verlass'nen,
Auf gen Himmel und erreichte
Bald Ordoño's horchend Ohr.

Den Verlassenen zu Hülfe
Eilt' er tiefer in die Wüste,
Und als er die Edlen sah —
Wüthend rauft er sich die Haare,
Wüthend flucht er den Verräthern:
Feig entflohen waren sie.

Decket dann mit seinen Kleidern
Die Verlassenen, Halbtodten,
Löset ihre harten Bande,

Eilt, Erquickungen zu suchen,
Rettung, Obdach, Sicherheit.
Bald auch fand er einen Landmann,
Treu dem Cid und ganz ergeben;
In deß Hütte trugen Beide,
Schweigend, die Verlassenen,
Wo des Landmanns Weib und Töchter
Freundlich ihrer sich annahmen
Und sie treu verpflegeten.

Don Ordoño sprach: „Señoras,
Unter dieser guten Leute
Sichrer Obhut weilet hier;
Ich geh' jetzt mit einer Nachricht —
Ach, wo werd' ich Worte finden,
Sie dem Vater, sie der Mutter
Zu verkündigen? dem Cid!“

Wo die Thaten Rache fordern,
Schweigen Worte. Cid erwiedert
Nichts und schlug sich an die Brust.
„Wohl hast du mir das gesaget,
Gutes Herz! Doch so abscheulich,
Schändlich, häßlich, niederträchtig,
Nicht der Teufel handelt so.“

Aber welche Thränenquellen
Werden jetzt der Mutter Augen!
Standhaft tröstet sie der Cid;

Sendet Boten ab zum König,
Schnelle Boten, um Erlaubniß,
Kommen selbst vor ihn zu dürfen,
Gen Toledo, wo er war.

60.

Gnädig nahm ihn auf der König,
Als er ankam mit den Rittern,
Gnädig, wie es Cid verdient:
„Meine Dienste wißt Ihr, König,
Für Fernando, Euren Vater,
Für den unglücksel'gen Sancho
Und, Alfonso, auch für Euch."

Alsobald gebot der König;
Und die beiden Grafen reichten,
Schimpflich, und doch nicht beschämet,
Den Tizona und Colado
Ihrem edlen Herrn zurück.

„Hab' ich," sprach der Cid, „euch wieder,
Angedenken meines Lebens,
Dich Tizona, einst gewonnen
Von Bucar, dem Mohrenkönig,
Als Valencia ich bezwang;
Dich Colado, den der edle
Graf von Barcelona trug,
Als den Arragonier-König
Wir mit Ruhm besiegeten.
Nehmt die Degen, Don Bermudes
Und Alvar Fanez Minaya;

Bis zum Schluß der Reichsversammlung
Wahrt vor jedem Niederträcht'gen,
Wahret sie in eurer Hand."

Jetzt mit fürchterlichem Aufruf
Griff der Cid an seinen Bart,
Nannt' in Gegenwart des Königs
Und der ganzen Reichsversammlung,
Nannt' die Grafen und den Oheim,
Der den Anschlag angegeben,
Niederträchtige Verräther.
Als ein Mann von Ehre trug er
Ritterlich die Klage vor.

Sich entschuld'gen wollen Beide;
Doch umsonst ist die Entschuld'gung,
Auf der Lippe stockt das Wort.
„Sprechet," rief der Cid noch lauter,
„Ist es Wahrheit, was ich sage?
Tod oder Bekenntniß." —

„Der,"
Sprach im Spott Garzia Cabra,
„Der mit seiner Eisenstimme
Und mit seinem langen Bart,
Will euch Grafen hier erschrecken;
Geh' er hin zu seinen Mauren" —

„Schweigt!“ antwortete der König,
„Recht gilt hier es und Gericht.
Fechten müßt ihr, Angeklagte,
Drei mit drei; ihr beiden Grafen
Und der Oheim in Person;
Anderseits, wen von den Rittern
Gegenüber euch zu stellen
Der Beleidigte sich wählt.“

Auf der Stelle wählte Cid
Drei von seinen wackern Männern,
Don Bermudes und zwei Vettern,
Stellend sie dem Feinde dar;
Nahm darauf vom König Abschied,
Nach Valencia zog er heim.

61.

Niederträchtige Verräther
Bleiben immer hinterlistig,
Können sie mit Ritterehre
Nicht entgehn dem bösen Kampf,
Wollen sie ihn von Toledo
Fernhin ziehen auf die Ebne
Ihres Städtchens Carrion.

Schon versammelt sind dort alle
Große stattliche Verwandte,
Selbst aus königlichem Stamm;

Alle reich in goldner Rüstung,
Alle prächtig im Gefolge,
Uebermüthig, frech und stolz.

Und ihr Anschlag ist, die Ritter
Cids voran hinweg zu blasen,
Ehe noch der Kampf beginnt.
Kaum wird diesen solches merkbar,
Wenden sie sich an den König:
„Unter des Gesetzes Schutz
Und in Deinem sind wir, König;
Dir vertraut, Dir anbefohlen;
Wenn wir hinterlistig fallen,
Rächen wird uns unser Cid.“

So gewarnet, nimmt der König
Aller Dreier Leib und Leben
Oeffentlich in seinen Schutz;
Weis't die hinterlist'gen Grafen
Gen Toledo, untersagend
Das Gefecht in Carrion.
O, wie sank das Herz den Frechen!
Vor'm Colado, vor Tizona
Zittert jetzt ihr Uebermuth.

Feld und Platz sind abgemessen,
Aufgerichtet stehn die Schranken,
Wo bleibt Fernan Gonsalez?

Denn Bermudes steht erwartend —
Endlich tritt er auf, erbebend,
Stößt zuerst mit seiner Lanze,
Und schon liegt er tief am Boden,
Mit durchbohrtem Schild und Harnisch;

Bittend fleht er um sein Leben,
Als er die Tizona sah
Aufgehoben. „Stirb, Verräther!"
Rief Bermudes. „Schenk', o schenke
Mir mein Leben," sprach der Feige;
„Ich erkenne mich besiegt."

Martin Antolin von Burgos
Hob die Lanz' und den Colado
Gegen Diego Gonsalez.
Mächtig schrie er um Erbarmen
Unter Puffen, unter Streichen
Des Colado, bis sein Roß ihn
Günstig aus den Schranken riß.
„O wie schändlich," riefen Alle,
„Schändlich ist auch der besiegt."

Nuño Gustios tritt entgegen
Dem verrätherischen Oheim
Suer Gonsalez, durchbohret
Ihm auf Einmal Helm und Schild;

Blutend liegt er an dem Boden,
Schon setzt Nuño ihm die Lanze
Ins Gesicht; da ruft des Vaters
Klägliches Geschrei: „Erbarmen!
Lieget er denn nicht besiegt?“

Ja besiegt, und niederträchtig
Feige, sind sie überwunden,
Die Stolzen, Vermessenen.
Nichts blieb jetzt dem König übrig,
Als das Urtheil auszusprechen
„Niedriger Verrätherei.“
Ehrlos werden ihre Namen,
Eingezogen ihre Güter,
Und kein Mann von Ehre nennet
Ohne Scham die Niedrigen.

Als der Cid von seinen Siegern
Froh die gute Botschaft hörte,
Dankt' er Gott; doch blieb im Herzen
Ihm die bittere Erinnrung
Lebenslang ein wunder Ort.
Seit der Schmach, die ihm begegnet,
Trug er fortan schwarze Rüstung,
Uebersät mit goldnen Kreuzen,
Und war stiller als vorher.

62.

Eingeschlummert, matt vor Alter,
Saß auf seinem hölzern Stuhle
Cid, der Feldherr, neben ihm
Saß Ximene mit den Töchtern,
Stickend eine feine Leinwand.
Ihnen winkte mit dem Finger
Sie, des Vaters Schlummer
Nicht zu stören; Alles schwieg.

Als zwei persische Gesandte,
Den ruhmvollen Cid zu grüßen,
Kommen mit Geräusch und Pracht;
Denn der Ruf von seinen Thaten,
Von der Größe seines Werthes,
Drang durch Mauren und Araber
Hin ins ferne Persien.

Von des Helden Ruhm ergriffen,
Sandt' der Sultan ihm Geschenke,
Seidenstoffe, Specerei'n.

Angelanget mit Kamelen,
Traten vor ihn die Gesandten:

„Ruy Diaz,“ sprach der eine
Mit herabgesenktem Blick,
„Ruy Diaz! tapfrer Feldherr!
Unser mächtiggroßer Sultan
Beut dir seine Freundschaft an.
Bei dem Leben Mahoms schwur er:
Hätt' er dich in seinem Lande,
Wohl die Hälfte seines Reiches
Gäb' er gerne dir als Freund.
Seine Achtung dir zu zeigen,
Sendet er dir die Geschenke.“
Ihm antwortete der Cid.

„Sagt dem Sultan, Eurem Herren,
Daß die Ehre seiner Botschaft
Ich empfange unverdient.
Was ich that, es war nur wenig;
Was ich bin, ward oft verläumdet.
Hätt' er sich bei uns erkundet,
Wer ich sey, er hätte schwerlich
Mir die Ehre wohl erzeigt.
Indeß, wär' er Christ, ich machte
Ihn zum Richter meines Werthes.“

Also sprach der Cid und zeigte
Ihnen darauf seine Schätze:
Die Gemahlin und die Töchter;

Zwar nicht überdeckt mit Perlen,
Ohne Schmuck und Edelsteine,
Doch des Herzens Güt' und Unschuld
Sprach aus jeglichem Gesicht.
Ueber seiner Töchter Schönheit
Waren beide hoch erstaunt;
Und noch mehr, noch mehr erstaunet
Ueber seine schlichten Sitten,
Ueber sein einfaches Haus.

Auch in Spanien besiegte
Bald sein Ruhm die ärgsten Neider.
Seine schönen edeln Töchter,
Donna Sol und Donna Elvira
Fand der Lohn; an zwei Infanten
Arragoniens und Navarra's
Wurden glücklich sie vermählt.

63.

Matt von Jahren, matt von Kriegen,
Obwohl überdeckt mit Ruhme,
Als der Cid, Bucar entgegen,
Der, Valencia ihm zu rauben,
Auf ihn drang mit starker Heerskraft,
Dreißig Könige mit ihm;
Als Cid gegen sie hinauszog,
Sprach er zu Ximenen so:

„Wenn ich, überdeckt mit Todeswunden,
Auf dem Schlachtfeld falle, so bestatte
Mich beim heil'gen Pedro de Cordoña,
Nahe dem Altare; und, Ximene,

Sey wohl auf der Hut, daß dich der Mauren
Keiner dann in Furcht und Schwachheit sehe.
Wenn man diesseits über meinem Leichnam
Ruhepsalmen singt, so rufe jenseits
Man zu Waffen, daß mein Tod den Feinden
Neuen Muth nicht, und den Sieg nicht gebe."

„In der Rechten laß mir die Tizona
Auch in meiner Gruft, daß sie kein Andrer,
Kein Unwürd'ger führe. Will es Gott so,
Und du siehst Babieça aus dem Schlachtfeld
Ohne mich heimkehren, öffn' ihm freundlich
Gleich die Pforte; streichle ihn, Ximene;
Wer dem Herrn so treu, wie er, gedient hat,
Ist auch Lohns werth nach des Herren Tode."

„Hilf, Ximene, hilf mir in die Waffen;
Sieh, dort blinket schon die Morgenröthe;
Und es geht auf Leben oder Tod jetzt.
Gib mir, Liebe, gib mir deinen Segen:
Und was ich erworben, sey der Himmel
Gnädig deiner Kraft, es zu erhalten."

Ausgesprochen diese Worte,
Schwang er mühsam sich vom Eckstein
Auf sein gutes Pferd Babieça;
Das sah seinen Herren traurig,
Traurig hing es seinen Kopf.

64.

Matt von Kriegen, matt von Kämpfen
Lag der Cid auf seinem Lager,
Denkend an die nahe Zukunft,
An Gefahren der Ximene,
Als er neben sich am Bette
Leuchten sahe, welchen Glanz!

Einen Mann an seiner Seite
Sah er; heiter war sein Antlitz,
Glänzend, und sein Haar gekräuselt,
Weiß wie Schnee; er saß ehrwürdig
Da, in süßem Himmelsduft.

„Schlummerst du, mein Freund Rodrigo?“
Sprach er; „auf! ermuntre dich!“

„Und wer bist du,“ sprach der Feldherr,
„Der im Wachen mit mir spricht?“

„Pedro bin ich, der Apostel,
Dessen Haus dir so beliebt ist,
Hergesandt auf deine Sorgen,
Komm' ich zu verkünden dir,
Daß dich Gott nach dreißig Tagen
Rufet in die andre Welt,“

„Wo dich alle deine Freunde,
Wo die Heil'gen dich erwarten;
Um die Freunde, die du lässest,
Um Ximenen sey nicht bange;
Aufgetragen meinem Vetter,
Dem San=Jago, ist ihr Sieg.
Mache fertig dich zur Reise,
Und bestelle froh dein Haus.“

Dies gehöret, sprang Rodrigo
Munter auf von seinem Lager,
Will dem heiligen Apostel
Dankend froh zu Fuße fallen;
Doch die himmlische Erscheinung
War hinweg; er stand allein.

65.

Tausend hundert zwei und dreißig,
Am dreizehnten Tag des Maimonds,
War es, als der gute Feldherr
Von Vivar die Welt verließ.

Tages drauf, als ihm San Pedro
Prophezeihend war erschienen,
Ließ er seine Freunde kommen,
Und Ximenen ihm zur Seite,
Sprach er seinen letzten Willen
Ernst und ruhig also aus:

„Zu San Pedro de Cordoña,
Wie du mir versprachst, Ximene,
Wird mein Körper heimgeführt;
Jedem meiner edeln Männer
Gib fünfhundert Maravedis:
Denn sie waren treuergeben,
Treu dem Cid bis in den Tod.
Alvar Fañez von Minaya,
Du, mein Freund, wirst sie vertheilen.
Was dir bleibt, meine Ximene,
Wend' es an zu frommen Werken,
Und für deine Güt' und Liebe
Habe meinen treusten Dank.

In das Kloster zu Cordoña
Wirst du meinen Leib begleiten;
Mein Vertrautester, Gil Diaz,
Don Jeronymo, der Bischof,
Alvar Fañez, und Bermudes,
Meine Treugeliebten alle,
Werden, dir und mir gefällig,
Wohl mit dir die Reise thun."

So empfahl er Gott die Seele,
Nahm Abschied von seinen Freunden
Und empfing das Sacrament.

66.

Tages noch vor seinem Tode
Ließ Cid seine Freunde kommen,
Und als Feldherr sprach er so:

„Ich weiß, daß der Mohrenkönig,
Daß Bucar mit seinen Heeren,
Der Valencia hart umschließt,
Gierig meinen Tod erwartet:
Bergt dem Sarazenen ihn.“

„Und die kostbar'n Specereien,
Die Balsame, die der Sultan
Mir aus Persien gesandt,
Sandt' er wohl für meinen Leichnam —
Wohl, ihr Freunde, laßt ihn waschen,
Balsamirt ihn mit der Myrrhe,
Kleidet ihn von Haupt zu Fuß:
San=Jago wird euch begleiten;
Und kein Klaggesang erschalle,
Keine Thräne wein' um mich.“

„Vielmehr, wenn ich ausgeathmet,
Lasset die Drommeten tönen,
Laßt die Pauken, laßt die Cymbeln,
Laßt die Clarinetten rufen,
Feldgeschrei zur nahen Schlacht.“

„Und wenn ihr dann nach Castiljen
Meinen Leichnam hinbegleitet,
Wiss' es ja kein Mohren-Seewolf,
Alle lasset hier zurück.
Sattelt meinen Freund Babieça,
Kleidet mich in meine Waffen,
Gürtet an mir die Tizona,
Und so setzt mich auf mein Roß.
Neben mir dann geht Gil Diaz,
Don Jeronymo, der Bischof
Und mein tapfrer Freund Bermudes;
Ihr Alvar Fañez Minaya
Ziehet stracks hin auf Bucar;
Daß Euch Gott den Sieg verleihn wird,
Sagte mir San Pedro selbst."

Also sprach der Feldherr ruhig,
Und des Sultans Ehrenbalsam
War gesandt ihm zum Triumph.

67.

Fahnen, gute, alte Fahnen,
Die den Cid so oft begleitet
In und siegreich aus der Schlacht,
Rauschet ihr nicht in den Lüften,
Traurig, daß euch Stimm' und Sprache,
Daß euch eine Thräne fehlt;
Denn es brechen seine Blicke,
Er sieht euch zum letztenmal.

Lebet wohl, ihr schönen Berge,
Teruel und Albarazin,
Ew'ge Zeugen seines Ruhmes,
Seines Glückes, seines Muths;
Lebet wohl, ihr schönen Höhen,
Und du Aussicht auf das Meer hin.
Ach, der Tod, er raubt uns Alles,
Wie ein Habicht raubt er uns.
Seht, es brechen seine Augen —
Er blickt hin zum letztenmal.

Was hat er gesagt, der gute
Cid? Er liegt auf seinem Lager.
Wo ist seine Eisenstimme
Kaum noch kann man ihn verstehen,
Daß er seinen Freund Babieça,
Ihn noch einmal sehen will.

Babieça kommt, der treue
Mitgefährt' des wackern Helden,
In so mancher, mancher Schlacht.
Als er die ihm wohlbekannten
Guten alten Fahnen siehet,
Die sonst in den Lüften wehten,
Hingebeugt aufs Sterbelager,
Unter ihnen seinen Freund:

Fühlt' er seinen Lauf des Ruhmes
Auch geendet, steht mit großen

Augen stumm da, wie ein Lamm;
Sein Herr kann zu ihm nichts sprechen,
Er auch nichts zu seinem Herrn.
Traurig sieht ihn an Babieça;
Cid ihn an zum letztenmal.

Gerne hätt' sich Alvar Fañez
Mit dem Tode jetzt geschlagen;
Ohne Sprache sitzt Ximene;
Cid, er drückt ihr noch die Hand.

Und nun rauschen die Paniere
Stärker; durch das offne Fenster
Weht ein Wind her von den Höhen —
Plötzlich schweigen Wind und Fahnen
Edel: denn der Cid entschläft.

Auf, nun auf! Drommeten, Trommeln,
Pfeifen, Clarinetten tönet,
Uebertönet Klag' und Seufzen;
Denn der Cid befahl es ja.
Ihr geleitet auf die Seele
Eines Helden, der entschlief.

68.

Ausgeathmet hat der gute
Cid, der von Vivar sich nannte.
Zu vollbringen seinen Willen
Ist Gil Diaz jetzt bedacht.

Balsamiret wird sein Leichnam;
Frisch und schön, als ob er lebte,
Sitzt er da mit hellen Augen,
Mit ehrwürdig=weißem Bart;
Eine Tafel stützt die Schultern,
Eine Tafel Kinn und Arme,
Unbewegt auf seinem Stuhle
Sitzt er da, der edle Greis.

Als zwölf Tage nun vergangen,
Schalleten die Kriegsdrommeten,
Weckten auf den Maurenkönig,
Der Valencia hart umschloß.

Mitternacht war's, und man setzte
Auf sein gutes Pferd Babieça
Grad' und fest den todten Herrn;
Schwarz und weiße Niederkleider,
Aehnlich dem gewohnten Harnisch,
Den Cid an den Beinen trug;
Durchgenäht mit goldnen Kreuzen
War die Kleidung; ihm am Halse,
Eingefaßt mit der Devise,
Wellenförmig hing sein Schild.
Von gemaltem Pergamente
Stand ein Helm ihm auf dem Haupte;
Ganz in Eisen eingekleidet
Schien er da auf seinem Roß,
In der Rechten die Tizona. —

Neben ihm zu einer Seite
Ging Jeronymo, der Bischof,
An der andern ging Gil Diaz;
Beide führten den Babieça,
Der sich seines Herrn erfreute,
Der noch Einmal auf ihm saß.

Sacht geöffnet ward die Pforte,
Die hin gen Castiljen führet,
Trabethor wird sie genannt:
Durch sie zog Pedro Bermudes
Mit erhobner Fahne Cids,
Neben ihm vierhundert Ritter,
Zur Bedeckung ihr, voran.
Jetzt nun folgete Cids Leiche,
Hundert Ritter um sie her;
Hinter ihr Donna Ximene,
Wohlbegleitet von sechshundert
Edeln Männern, ihrem Schutz.

Schweigend ging der Zug und langsam,
Leis', als wären es kaum zwanzig;
Aus Valencia waren alle
Längst schon, als der Tag anbrach.

Alvar Fañez war der Erste,
Wüthig stürzt er auf die Mauren,
Die Bucar hieher gelagert;
Ungeheuer war die Zahl.

Traf zuerst auf eine schwarze
Mohrin, die aus türk'schem Bogen
Gift'ge Pfeile tödtlich schoß,
Also **meisterhaft**, daß man sie
Einen Stern des Himmels nannte;
Sie und ihre Schwestern alle,
Hundert schwarze Weiber streckte
Alvar Fañez in den Staub.

Dies gesehn, erschracken alle
Sechs und dreißig Mohrenkön'ge;
Furcht-erblasset stand Bucar.
Wohl sechshunderttausend Ritter
Dünkt ihnen das Heer der Christen,
Alle weiß und hell wie Schnee.
Und der schrecklichste vor Allen,
Reitend vor auf weißem Rosse,
Größer als die Andern alle;
In der Hand die weiße Fahne,
Auf der Brust ein farbicht Kreuz,
Sein Schwert glänzete wie Feuer —
Als er anlangt bei den Mauren
Breitet ringsum er den Tod.
Alle fliehen nach den Schiffen,
Viele stürzen sich ins Meer.
Wohl zehntausend waren ihrer,
Die die Schiffe nicht erreichten,
Die des Meeres Fluth verschlang.

Von den Mohrenkön'gen blieben
Zwanzig; nur Bucar entrann.

Also siegt' auch nach dem Tode,
Weil San-Jago ihm voranging,
Cid; gewonnen ward an Beute
Großer Reichthum, alle Zelte
Voll von Golde, voll von Silber,
Auch der Aermste wurde reich.

Sodann setzten, nach dem Willen
Cids, die freundlichen Begleiter,
Nach San Pedro de Cordoña,
Ruhig ihre Reise fort.

69.

Boten sandte jetzt Ximene
Auf der Reise nach Castiljen,
Boten an Cids Anverwandte,
Boten auch an ihre Töchter,
Und an ihre Schwiegersöhne,
Zwei gekrönte Könige;
Daß sie kämen und den Feldherrn,
Ihren Freund und Vater, ehrten,
Ihm erzeigend noch die letzte
Trauervolle Liebespflicht.

Alvar Fañez war der Meinung,
Daß man in den Sarg ihn legte,

Diesen dann mit Purpur deckte
Und mit goldnen Nägeln schlösse;
Doch Ximene Gormaz sprach:

„Cid mit seinem schönen Antlitz,
Mit den hellen, offnen Augen,
Soll er in den Trauerkasten,
In den fest verschloss'nen Sarg?
Nein! Es sollen meine Töchter:
Meine Schwiegersöhn' ihn sehen,
Wie er noch im Tode lebt."

Angenommen ward die Meinung;
Eine Stunde weit von Osma
Sammelte sich die Versammlung,
Und der Ehrenzug begann.
Arragoniens König Sancho
Kam mit seinen braven Rittern;
Ihre rückgekehrten Schilde
Hingen an dem Sattelbogen,
Schwarze Mäntel trugen Alle,
Aufgeschlitzte Trauerkappen,
Nach Castilischem Gebrauch.
In der tiefsten Trauer waren
Donna Sol und ihre Damen,
Schwarz umhüllt mit Etamin.

Fast erhob sich schon ein Weinen;
Aber schnell verbot Ximene

Alle Klagen, alle Thränen,
Weil der Cid es untersagt:
Ihres Vaters Hand zu küssen
Nahten still verehrend Beide,
König und die Königin.

Auch der König von Navarra
Trat hinzu mit Donna Elvira,
Küssend ihres Vaters Hand;
Viele stille Thränen flossen,
Bis sie zu San Pedro kamen,
Wohin sich der Cid gewünscht.

Selbst der König von Castiljen,
Als er von dem Zuge hörte,
Sandt' er Boten, ihn zu grüßen,
Ehrenvoll ihn zu begleiten,
Eilte selbst hin nach Cordoña,
Und als er den Todten sah,

Wundert' er sich seiner Schönheit,
Ordnete, daß, statt im Grabe,
Er auf einem prächt'gen Stuhle
Säße, neben dem Altar.
Aufgerichtet, reich vergoldet
Ward ihm schnell ein Tabernakel.
Länger als zehn Jahre saß er
Da in seiner vollen Rüstung,
Als ob er noch leibt' und lebte,
Den Tizona in der Hand.

70.

Sancho, König in Navarra,
Zugenamt der Heldenmüth'ge,
Er, des großen Cids Urenkel,
Den ganz Spanien noch verehrt;
Mit Alfonso von Castiljen
Führet' er siegreiche Kriege,
Drang hinein bis über Burgos,
Ueberall gewinnend Beute,
Bis mit solcher reich beladen
Er hinwegzog, voll des Wahnes,
Niemand könn' ihm widerstehn.

So kam er auf seinem Rückzug
In das Kloster de Cordoña,
Wo begraben lag der Cid,
Hochverehrt: denn Niemand glich ihm,
Seit der Zeit, an Muth und Stärke,
Wie an Güt' und Redlichkeit.

Vorgesetzter dieses Klosters
War ein Abt, ein Mann von Jahren,
Der als Ritter einst in Waffen
Ehre sich und Ruhm erworben,
An Gestalt ein Mann von Ansehn,
Voll Gemüths; es drückt' ihn schmerzlich,

Daß der König von Navarra
So viel Beute mit sich nahm.

Als der König zum Altare
Trat, bewundernd seine Fahne,
Deren gleich' er in ganz Spanien
Keine nirgend je gesehn,
Riß der Abt sie vom Altare,
Und erhob die Fahne — Cids.

„Wisse," sprach er, „großer König,
Wiss', in diesem heil'gen Kloster,
Das mir anvertrauet ist,
Liegt ein Held, mit dessen Fahne,
Unter ihr, darf ich mich messen,
Großer König, selbst mit dir.
Denn hier ist die Leichenstätte
Cids, genannt Campeador."

„Eine Gunst von dir zu bitten,
Herr, ergriff ich seine Fahne
Kühn, und trage meine Bitte
Dir in tiefster Demuth vor.
Laß den Raub zurück, o König!
Den du unserm Land entziehest;
Dir gereicht's zu höherm Ruhme,
Wenn du ihn der Heldenfahne
Weihest und dem Grabe Cids."

Einen Augenblick betroffen
Und nachdenkend stand der König
Ueber dieses Abtes Muth;
Dann sprach er: „Aus mehrern Gründen
Thu' ich, Vater, was Ihr bittet,
Und laß meine Beute hier."

„Erstens, weil ich aus dem Blute
Des Campeadors entsprossen,
Der Urenkel bin von Cid.
Seine Tochter Donna Elvira,
Die Gemahlin Don Garzias,
Rühm' ich, ist Großmutter mir."

„Zweitens lass' ich, aus Verehrung
Gegen diese Heldenfahne
Und des hier Begrabnen Ruhm,
Eurer Obhut anvertrauet,
Gern die Kriegesbeute hier;"

„Die ich dann auch, recht gesaget,
Wäre jetzt der Cid am Leben,
Wohl nicht mit mir nehmen dürfte;
Nie wär' ich so weit gekommen,
Hätte nie sie mir erworben,
Nie ließ er vor seinen Augen
Sie hinziehn aus seinem Lande,
Lebte noch der tapfre Cid.

Also lass' ich sie dem Todten,
Euch zu frommem Brauch zurück."

Er befahl — und alle Beute
Blieb dem Kloster von Cordoña;
Sie ward eine fromme Stiftung.

Ein Wohlthäter für die Armen,
Ein Beschützer der Verlass'nen
Ward der Cid auch in der Gruft.

Nachwort

Von Heiner Höfener

„Herder ist ein Klassiker, was bedeutet, daß seine Werke nur noch auszugsweise verbreitet und ad hoc zitiert werden, wo eine Autorität gebraucht wird."[1] So kennzeichnet Harry Pross den irritierenden Gestus des modernen Menschen, der sich seinen „Klassikern" gegenüber allenfalls ausbeuterisch verhält.

Herder, der ‚Klassiker' und große Anreger, der weder Philosoph noch Historiker, noch Philologe war, dessen Ideen auf all diesen Gebieten jedoch eine kaum übersehbare Wirkungsgeschichte zeitigten, hat es von jeher seinen Lesern nicht leicht gemacht. Schon Jean Paul, der junge Freund des alten Herder, schrieb: „Der edle Geist wurde von entgegengesetzten Zeiten und Parteien verkannt: doch nicht ganz ohne seine Schuld; denn er hatte den Fehler, daß er kein Stern erster oder sonstiger Größe war, sondern ein Bund von Sternen, aus welchem sich dann jeder ein beliebiges Sternbild buchstabiert."[2]

Die Ratlosigkeit Herder gegenüber beschreibt auch Eduard Spranger: „Niemand zweifelt an seiner überragenden Bedeutung... Aber wer kennt ihn? Und wie soll man ihn kennenlernen? In den dreiunddreißig starken Bänden seiner Werke, die Suphan gesammelt hat, findet sich kaum der Fachgelehrte zurecht... Überall gilt er als der große Anreger, der aber nichts Abgerundetes vollendet hat. Schon W. v. Humboldt, Schleiermacher, Hegel, die ihm Wesentliches verdanken, nennen seinen Namen fast nie."[3]

Vor allem war Herder ein Sprachdenker. Sprache ist das große Thema, das sein gesamtes Werk durchzieht. Sprache ist ihm ebenso globales Ferment seiner Geschichtsspekulation, wie auch Indikator für den Stand und Zustand einer Gesellschaft innerhalb seiner historischen Betrachtungsweise. Von seiner ersten Schulrede am Königsberger Fridericianum „Ueber den Fleiß in mehreren gelehrten Sprachen" (1764) bis hin zu seiner letzten Publikation, seinem „Schwanengesang", dem „Cid" (1802/03), ist all sein Bemühen auf Sprache gerichtet.

Die Sprache war Herder nicht nur getreuer Ausdruck jeweiliger Volksindividualität, sie war ihm vor allem Bedingung und Vehikel zur Beförderung der Humanität und geriet ihm zum Nukleus seiner Geschichtsspekulation. Schon in den „Fragmenten" nannte Herder die Sprache eine „Bezähmerin der alten Wilden" und eine „Verbesserin des Volkes". Die Sprachgeschichte eines Volkes ist für Herder auch dessen Entwicklungsgeschichte, beide durchlaufen zyklisch ihr Kindes-, Jugend-, Mannes- und Greisenalter. Die Sprache der Kindheit war „für Auge und Ohr, für Sinne und Leidenschaften" gebildet, sie mildert sich im Jünglingsalter, der „Zeit der Dichter", zu einer sinnlichen Sprache, die reich an kühnen Bildern ist; dem männlichen Alter bleibt „nicht eigentlich mehr Poesie: sondern die schöne Prose", und „das hohe Alter weiß statt Schönheit bloß von Richtigkeit".

Den Gedanken vom Lebensalter der Sprache und der Völker hat Herder immer wieder vorgetragen. Er macht die Unwiederbringlichkeit poetischer Höhepunkte plausibel: einem philosophischen Zeitalter ist der „Naturgesang" des Homer unerreichbar und unnachahmlich.

In den Cid-Romanzen glaubte Herder nun einen Stoff gefunden zu haben, dessen poetische Gestaltung den Gesängen des Homer ebenbürtig sei: „Die Geschichte Cids ist in ihren Romanzen so reich an treffenden Szenen, an hohen Empfindungen und Lehren, als – wage ich's zu sagen? – als Homer selbst."[4]

Die Geschichte des Cid gestaltete Herder als ein Beispiel zu seiner Theorie vom Epos. Für ihn war das Epos der Gipfelpunkt aller Poesie und Welterfahrung. Im Epos schießt alles zusammen und geht aus ihm neu und gültig geordnet wieder hervor: „Das Feld der Epopee, wenn es dieses Namens werth seyn soll, fordert gleichsam die Mitwirkung der ganzen Natur, die ganze Ansicht der Welt zwischen Himmel und Erde, mithin auch die ganze Wissenschaft und Seele des Dichters. Im Herzen und Geist der Nation soll es ein Schauplatz des Weltalls, ein lebendiges Wort für Alle, in Allem werden."[5]

Das Epos als Einheit stiftende Zivilttheologie, die Seelenwelt und Weltseele des Dichters als nomothetische Institution, Dichtung als kosmologischer Ordnungsakt – das war es wohl, was dem unglücklich-glücklosen protestantischen Theologen als nostalgische Therapie der an der Aufklärung erkrankten Menschheit vorschwebte. Mehr als antiquarisches und volksgeschichtliches Interesse: Exempel und Probe wollte Herders „Cid" sein.

Der Cid in der Dichtung

Schon sehr bald wurde die historische Freibeutergestalt des kastilischen Adligen Don Rodrigo Diaz de Bivar (1030/45–1099), genannt El Cid, der 'mal auf spanischer, 'mal auf maurischer Seite kämpfte, zu einem volkstümlichen Nationalhelden umgebildet, der, dank seines „Ringens" um eine spanisch-maurische Assimilation in einer Welt politischer Ein- und Umbrüche, als Retter Spaniens zu gelten hatte.

Das älteste literarische Dokument, das von den Taten des Cid kündet, ist ein lateinisches Carmen, das in sapphischem und adonischem Versmaß den Cid besingt. Doch ist das Manuskript des „Carmen Rodrici" nur fragmentarisch erhalten geblieben und bricht nach den ersten Strophen ab, so daß nicht ersichtlich ist, ob es schon zu Lebzeiten des Cid – wie Menéndez Pidal annimmt[6] – entstanden ist. Das Carmen entstammt der lateinischen Dichterschule des Klosters Santa Maria de Ripoll, das die von Frankreich neu ausgehende lateinische Bildung pflegte. Um das Jahr 1110 wurde der älteste Prosabericht, die „Historia Rodirici" verfaßt. Als der Augustinerpater Manuel Risco das lange verschollene Manuskript in San Isidoro de León fand und 1792 als Anhang seiner in Madrid erschienenen „Historia del Cid" herausgab, änderte sich das überkommene Cid-Bild grundlegend, zumal die „Historia Rodirici" das lange Leben des Helden gründlich verkürzte, indem sie sein Geburtsdatum auf etwa 1045 verlegte; damit schieden sämtliche überlieferten Jugendtaten aus.
Dem 12. Jahrhundert entstammt das „Poema del Cid", eines der glanzvollsten Epen des romanischen Sprachbereichs. Es beginnt mit der Verbannung des Cid, der zum Kampf gegen die Mauren auszieht, berichtet von seinen siegreichen Kämpfen und Eroberungen und endigt mit seinem Tode, nicht ohne immer wieder den Helden als mustergültiges Vorbild eines Gatten und Vaters, Freundes und treuen Lehnsmannes vor- und darzustellen. – Eine deutsche Übersetzung des Poema gab O. L. B. Wolff.[7]
Entgegen Menéndez Pidals Datierung[8] der die Entstehung des Poema um 1140, also bereits 40 Jahre nach dem Tode des Helden ansetzte, glaubte Ernst Robert Curtius nachweisen zu können, daß es nicht vor 1180 entstanden sei, da es nach dem Vorbild der französischen Epik gestaltet ist und stilistische Klischees verwendet, die in Frankreich erst zwischen 1150 und 1170 aufkamen.[9]
In der ersten Hälfte des 14. Jahrhunderts entstand das Heldenlied „Cantar de Rodrigo", dessen ursprünglicher Text zwar verloren, dessen Inhalt aber in zwei Versionen überliefert ist. Eine Prosafassung enthält die „Crónica general de 1344", eine versifizierte Fassung die um 1400 entstandene „Crónica rimanda de las cosas de España . . . y mas particulamente de las aventuras del Cid."[10] – Auffallend ist, daß sich in den verschiedenen Dichtungen der Charakter des Cid – ganz wie es sich für einen Nationalhelden geziemt – je den politischen Erfordernissen der erstarkenden königlichen Macht gemäß veränderte.
Bis ins 15. Jahrhundert besang die spanische Epik unaufhörlich ihren

Volks- und Nationalhelden und auch der traditionellen Romanzendichtung des 16. und 17. Jahrhunderts ward er ihr großes Thema.
Die ursprünglich volkstümliche, später auch als Kunstgattung gepflegte spanische Romanze ist ein – im Unterschied zum Epos – kürzeres Erzähllied, das gewöhnlich nur eine Episode aus dem Leben des Helden besingt. Mehrere der vom 16. Jahrhundert an gedruckten Sammlungen solcher Romanzen – Romancero genannt – werden uns unter den Quellen Herders begegnen.
Im 17. Jahrhundert erfuhr der Cid-Stoff auch dramatische Bearbeitungen durch Lope de Vega, Guillén de Castro und Pierre Corneille. In der Tragikomödie „Le Cid“ (1636), die thematisch auf Guillén de Castros „Las mocedades del Cid“ (Die Jugendjahre des Cid) von 1618 fußt, erscheint der Cid allerdings als eleganter Hofkavalier im Stil der Zeit: mit seinem historischen Vorbild, der sagenumwobenen Freibeutergestalt des kastilischen Granden Rodrigo Diaz, hat er hier nur noch wenig gemein.

Die Quellen und die Entstehung von Herders „Cid“
Im Februarheft des „Neuen Teutschen Merkur“ von 1792 erschien eine „Romantische Geschichte des Cid“,[11] die Herder zu seiner Cid-Bearbeitung nicht nur anregte, sondern geradezu aufforderte.
Der unbekannte, mit „S.“ unterzeichnende Autor des „Merkur“-Beitrags schrieb in seinem „Vorbericht“: „Unstreitig machen die alten Romanzen oder heroischen Volkslieder der Kastilianer den schönsten und interessantesten Theil ihrer poetischen Litteratur aus, – und es wäre sehr zu wünschen, daß ein Dichter, vom Geiste der Herderschen Volkslieder angeweht, uns mit einer poetischen Uebersetzung der sämtlichen Romanzen, welche den Cid und seine Chimene zum Gegenstand haben, beschenken möchte, in welcher so wenig als möglich von der sublimen Einfalt, geistvollen Energie, und herzstehlenden Naivität, Zartheit und Wärme der Originale verlohren gienge. Bis dahin mögen gegenwärtige unvollkommene Schattenrisse wenigstens zur Rechtfertigung meines Wunsches dienen! Sie sind nach einem Auszuge kopiert, welchen einer der geschicktesten Mitarbeiter an der französischen Bibliotheque Universelle des Romans im Julius des Jahres 1783 aus einer Sammlung gezogen hat, die unter dem Titel, Romancero [y] Historia del muy valeroso Don Rodrigo de Bivar, el bravo Cid Campeador, recopilado por Juan de Escobar, im vorigen Jahrhundert, ohne Jahreszahl, in kleinem Format und Druck zu Madrid herausgekommen ist.“[12]
Durch den „Merkur“-Beitrag auf die französische Prosaübersetzung

der Romanzen-Sammlung des Spaniers Juan de Escobar aufmerksam gemacht, begann Herder, sich intensiv mit allen Cid-Romanzen zu beschäftigen, derer er nur habhaft werden konnte.
Herders Bekanntschaft mit spanischen Romanzen reicht auf das Jahr 1777 zurück. Die im „Deutschen Museum" veröffentlichten Romanzen Meinhards weckten sein Interesse. Am 22. Dezember 1777 schrieb Herder an Gleim: „Im December-Museum finde ich einen Meinhardischen Brief an Sie, wo Sie ihm alte spanische Romanzen, deren eine übersetzt ist, mitgeteilt haben. Der Himmel wolle, daß es nur leihweise geschehen sei und daß Sie es mir, der ich weder M. Menardo noch Don Maynardo bin, auch mittheilen. Es soll ihnen zu treuer Hand zurück werden."[13]
In den darauffolgenden Jahren 1778 und 1779 erschienen die beiden Bände der von Herder gesammelten „Volkslieder": sie enthielten 17 spanische Romanzen. Für die „Volkslieder" benutzte er als Quelle der historischen Romanzen nur die „Historia de las guerras civiles de Granada" von Perez de Hita und den „Cancionero de romances, en que están recopilados la mayor parte de los romances Castellanos que hasta agora se han compuesto" (1555), der in der Antwerpener Ausgabe von 1568 in der Großherzoglichen Bibliothek zu Weimar vorhanden war. Aus diesem „Cancionero de romances" hatte Herder zu Beginn seiner Weimarer Zeit, als er bei Bertuch die spanische Sprache lernte, zehn der 16 darin enthaltenen Cid-Romanzen eigenhändig abgeschrieben. Und als Herder dann in den achtziger Jahren die „Volkslieder" erweitern und umarbeiten wollte, ließ er sich von der Göttinger Bibliothek den „Cancionero general" von 1511 schicken. – An eine Sammlung der Cid-Romanzen dachte Herder freilich noch nicht.
Erst die 1792 im „Neuen Teutschen Merkur" erschienene deutsche Prosaübersetzung der ersten neun Abschnitte aus der „Bibliothèque des Romans" ließ in Herder den Wunsch aufkommen, das spanische Original, die Escobarsche Sammlung, kennenzulernen. Im März 1793 erkundigt sich Herder bei Heyne, ob die Göttinger Bibliothek „El Romancero y historia del muy valeroso Cavallero Rodrigo de Bivar, el bravo Cid campeador, kurz Cids Spanische Geschichte in Romanzen" besitze.[14]
Die Göttinger Bibliothek besaß zwar keinen „Romancero" von Escobar, statt dessen schickte Heyne jedoch den Sepulveda, die „Romances nuevamente sacados de historias antiguas de la cronica de España compuestos por Lor. de Sepulueda: Añadiose el Romance de la conquista de la ciudad de Africa en Berueria, en el ãno MDL y otros diversos, Anvers 1551".
All seine Bemühungen, des Buches habhaft zu werden, blieben auch in

den folgenden Jahren erfolglos. Noch im Jahre 1797 wandte sich Herder – wiederum vergebens – an Knebel: „Erkundigen Sie sich doch in Nürnberg und Ansbach nach spanischen Romanzen. O wenn Sie mir ein paar solche kleine Cancionero's, wie sie dort auf den Gassen verkauft werden, mitbringen oder schicken könnten! Insonderheit vom valeroso Cid, Conde de Bivar."[15]
Als schließlich kaum mehr Aussicht bestand, die Escobarsche Sammlung ausfindig zu machen und benutzen zu können, begann Herder im Winter 1802/03 die französische Prosaübersetzung aus dem zweiten Juliheft 1783 der „Bibliothèque universelle", die er für eine getreue Übersetzung des „Romancero" von Escobar hielt, in Verse zu gießen. Etwa vier Fünftel des Herderschen „Cid" folgen der Prosaübersetzung; die Romanzen 54–61, 64–66 und 68–70 sind direkt den spanischen Originalen der Sammlung Sepulvedas nachgebildet und in einigen Fällen nahm Herder den „Cancionero de romances" und den „Cancionero general" zu Hilfe, zumal ihm außer dem Escobarschen „Romancero" auch die beiden anderen vom französischen Bearbeiter benutzten Sammlungen, Metges „Tesoro escondido" und Madrigals „Segunda parte del Romancero general" verborgen blieben.
Im Juli 1803 hatte Herder seine Cid-Bearbeitung abgeschlossen. Die ersten 13 Romanzen erschienen im neunten Stück seiner „Adrastea" (S. 165–195). Noch ehe das zehnte Stück, das die Romanzen 14–22 brachte, herauskam, starb Herder am 18. Dezember 1803. Herder selbst hatte jedoch die auf Zeitschriftenhefte verteilte Publikation des „Cid" abbrechen wollen. Die „Adrastea" enthält nach der 22. Romanze die „Nachschrift": „Da die Fortsetzung der Geschichte Cids, die eben hier den Knoten gewinnet, durch weitere Unterbrechungen, (wie es in einer Zeitschrift doch seyn müßte), zu viel verlieren würde: so sei hier die Meldung gnug, daß der ganze Cid (wohl das erhabenste Romanzen-Epos, das exsistiret), nachdem dem Uebersetzer glücklicher Weise die erwünschtesten Hülfsmittel zu Händen gekommen, in seinem treflichen Zusammenhange und den nothwendigen Erläuterungen unabgetrennt ans Licht treten werde. In Frankreich hat man den Cid das erste tragische Sujet genannt; daß er das erste epische sei, wird sich zeigen."[16]
Doch konnte Herder den „Cid" mit den „nothwendigen Erläuterungen" nicht mehr selbst herausbringen. Seine „erwünschtesten Hülfsmittel" waren vermutlich das „Poema del Cid" und die „Cronica del Cid", die ihm noch im Juni und August 1803 zukamen. Auch konnte Herder über die Textgrundlage seiner Übersetzung keine Rechenschaft mehr ablegen.

Herders „Cid" erschien postum 1805 unter dem irreführenden Titel „Der Cid. Nach Spanischen Romanzen besungen durch J. G. v. Herder" – obwohl Herders Witwe von Wieland in einem Brief vom 9. März 1805 auf die französische Quelle, die „Bibliothèque universelle des Romans" aufmerksam gemacht worden war. Dieser unrichtige Titel hat sechzig Jahre lang die Deuter des Herderschen „Cid" zu Sterndeutern gemacht, bis Reinhold Köhler im Jahre 1867 die Quellen des „Cid" dargelegt hat.[17] Bis dahin aber galt, Herders „Cid" sei „eine Schöpfung des deutschen Dichters, welche auf einer selbständigen, von fremdem Einfluß durchaus unabhängigen freien Benutzung spanischer Romanzen beruhe".[18]

Das Versmaß

Die spanischen Romanzen, wie sie Herder kannte, bestanden aus achtsilbigen Kurzversen, die, zu vierzeiligen Strophen gefügt, durch Assonanzen eine rhythmische Wirkung bekamen. Die Romanze steht der Prosa sehr nahe, da sie rein silbenzählend gebaut ist und ihren episch-lyrischen Charakter aus der vorherrschenden Assonanz gewinnt.

Die Versifizierung der französischen Prosaübersetzung und die direkte Übersetzung einiger Romanzen aus dem Spanischen stellten Herder vor erhebliche Formprobleme. Was vor Herder an spanischen Romanzenübersetzungen gewagt wurde, mißriet so gründlich, daß Moses Mendelssohn feststellte: „Die Romanzen machen eine besondere Art von Gedichten aus, in welcher wir im Deutschen noch kein Exempel haben."[19] Erst Herder fand eine Form, die die Romanze in Deutschland sehr bald heimisch machte und auf die Dichtung der gesamten Romantik nachhaltig prägend wirkte.

Herder übertrug die Romanzen in reimlose, vierhebige Trochäen, ohne Assonanz zu vierzeiligen Strophen geordnet. Der deutsche vierhebige Trochäus, der später irrig „spanischer Trochäus" genannt wurde, hat mit dem spanischen Romanzenvers nichts gemein, stellt aber eine gelungene Übertragung dar. „Form ist Vieles bei der Kunst; aber nicht alles", schrieb Herder, „auch muß man einer Nation Formen nicht aufdringen, die ihr durchaus fremd sind."[20]

Aus diesem Grunde verzichtete Herder auch auf eine Übertragung der Assonanz ins Deutsche, wo sie fremd und ermüdend wirkt. „Die Assonanzen, d. i. der ähnliche Klang und Ausklang der zweiten und vierten Zeile. . .", waren „dem Ohr der Spanier angenehm: denn es war, der Beschaffenheit ihrer Sprache und dem Vorbilde der Araber nach, daran gewöhnet."[21] Doch was der spanischen Sprache gemäß ist und mit dem

Klang der Guitarre, der Melodie und dem milden Himmel[22] korrespondiert, taugt noch lange nicht für die deutsche Sprache. „Übersetze jemand, wenn sich ein langes historisches Gedicht herab, jede Zeile auf ar endigt und damit im Spanischen prächtig und angenehm in der Luft verhallt, übersetze jemand so etwas in unsere Sprache!“[23]
Und gegen das „Assonanzgeklingel“ der Romantiker polemisierte Herder: „Kindern am Jahrmarkt geben wir Pfennige mit dem Verbot ‚daß du dir ja keine Trommel, kein Trompetchen kaufest!‘ wie? und unsere Romanzensänger, unsere heroischen Lyriker selbst übten diese Kunst, und zwar auf arabische Weise von neuem, betäubend unser Ohr mit Reimtrommeten und Pfeifchen? Jene, indem sie dem Genius unserer Sprache zuwider auf Spanische Assonanzen, auf ein gehaltenes, wiederkehrendes A O U kindisch ihre Kunst wenden.“[24] – So lehnte Herder die Anwendung der Assonanz, des Gleichklanges des Vokals der letzten betonten Silbe, aus dem sicheren Gefühl ab, daß sie der deutschen Sprache mit ihren vielen tonschwachen Endsilben nicht gemäß sei.
Durch den alternierenden vierhebigen Trochäus, den man seit Herder spanischen Ursprungs wähnte, verlieh Herder seiner „Cid“-Übertragung eine weit größere rhythmische Gesetzmäßigkeit, als sie der spanischen Romanze eignete, die nur die Silben zählt und nach dem Satzinhalt betont.
Wenn Kenner der spanischen Romanzendichtung immer wieder betonten, der Charakter des spanischen Nationalhelden sei in der Herderschen Übertragung recht deutsch geraten, so liegt das nicht nur an der eindeutschenden Modifikation des im Cid sich kristallisierenden Tugendensembles, das schon in Herders Hauptquelle, in der Prosaübersetzung der „Bibliothèque universelle“, französelte: ganz erheblich unterstützt wird dieser Eindruck auch durch das Metrum des deutschen vierhebigen Trochäus, in welchem der „Cid“ nun feierlich und wuchtig daherkommt.

Der Illustrator Eugen Neureuther
Der Landschafts- und Figurenmaler, Zeichner für den Holzschnitt, Lithograph und Radierer Eugen Napoleon Neureuther (1806–1882) erhielt seine künstlerische Ausbildung von seinem Vater Ludwig, von W. Kobell und P. Cornelius in München. Cornelius, der damals gerade seine Fresken in der königlichen Glyptothek schuf, erkannte Neureuthers Neigung zur Arabeske und zog ihn zur Ausmalung des Trojanischen Saales heran.
Neben seinen Fresken, Ölbildern, Aquarellen und Zeichnungen schuf

Neureuther zahlreiche Druckgraphiken, deren ungewöhnliche Feinheit und richtungweisende Gestaltung ihn zu einem Hauptvertreter der deutschen romantischen Illustration werden ließ. In den Jahren 1847 bis 1856 war Neureuther künstlerischer Leiter der Porzellanmanufaktur Nymphenburg und von 1868 bis 1876 Professor an der Kunstgewerbeschule in München.

Als Buchillustrator trat Neureuther seit 1826 mit den „Randzeichnungen zu Goethes Balladen und Romanzen" (fünf Hefte mit 46 lithographierten Federzeichnungen, München 1829/39; neue Ausgabe 1855) hervor. Über Neureuthers Kunst fand Goethe die anerkennensten Worte: „In der Kunst ist mir nicht leicht ein erfreulicheres Talent vorgekommen, als das von Neureuther. Es beschränkt sich selten ein Künstler auf das, was er vermag, die meisten wollen mehr thun als sie können, und gehen gar zu gern über den Kreis hinaus, den die Natur ihrem Talent gesetzt hat. Von Neureuther jedoch läßt sich sagen, daß er über seinem Talent stehe. . . Erfindung, Kunst und Geschmack besitzt er im hohen Grade und indem er eine solche Fülle in leichten Randzeichnungen gewissermaßen vergeudet, scheint er mit seinen Fähigkeiten zu spielen, und es geht auf den Beschauer das Behagen über, welches die bequeme freye Spende eines reichen Vermögens immer zu begleiten pflegt. In Randzeichnungen hat es auch niemand zu der Höhe gebracht wie er."[25]

1830 reist Neureuther nach Paris, um Studien für seine Illustrationen zur Julirevolution zu treiben. Nach seiner Rückkehr wendet er sich wieder seiner Lieblingsbeschäftigung zu, den Randzeichnungen zu den Dichtern der deutschen Klassik.

Neureuther illustrierte die 1839 bei Cotta in Stuttgart erschienene Prachtausgabe von Herders „Cid" durch 70 Zeichnungen, die von Thompson, Grave, Branston u. a. in Holz geschnitten wurden. Für jeden der vier Abschnitte des Romanzenzyklus schuf Neureuther einen Prachttitel und den Anfang jeder Romanze hat er mit einer Randzeichnung, Vignette oder Arabeskenverzierung geschmückt. Naglers „Künstlerlexikon" nennt dieses von Neureuther gestaltete Buch „das erste illustrierte Originalwerk der deutschen Typographie".[26]

Anmerkungen

1 H. Pross: *Söhne der Kassandra.* Stuttgart 1971, S. 15.

2 Jean Paul: *Sämtliche Werke.* Bd. 43. Berlin 1827, S. 153.

3 E. Spranger: Ahnung und Erfüllung. In: *Vom Geist der Dichtung.* Gedächtnisschrift für R. Petsch. Hamburg 1949.

4 Herder: *Sämtliche Werke.* Hrsg. von B. Suphan. Bd. 1–33. Berlin 1877–1913. Bd. 24, S. 226.

5 Herder, a. a. O., S. 281.

6 R. Menéndez Pidal: *Das Spanien des Cid.* Bd. 1–2. München 1936/37. Bd. 2, S. 258.

7 *Das Gedicht von Cid.* Übers. von O. L. B. Wolff. Jena 1850; *El Cantar de Mio Cid.* Übers. von H. J. Neuschäfer. München 1964 (= Klassische Texte des romanischen Mittelalters. 4).

8 Pidal, a. a. O., Bd. 1, S. 5.

9 E. R. Curtius: *Europäische Literatur und lateinisches Mittelalter.* 8. Aufl. Bern 1973, S. 389.

10 Text in: Crónica rimanda de las cosas del España . . . Hrsg. von F. Michel. In: *Wiener Jahrbücher für Literatur.* 116 (1846), S. 1–27.

11 Romantische Geschichte des Cid. In: *Neuer Teutscher Merkur.* Februar 1792, S. 199–215. – Wieder abgedruckt in: Albert Leitzmann (Hrsg.): *Histoire du Cid.* Halle a. d. S. 1916, S. 131–142.

12 A. Leitzmann, a. a. O., S. 132.

13 H. Düntzer (Hrsg.): *Briefe von und an Herder.* Leipzig 1861. Bd. 1, S. 51.

14 Düntzer, a. a. O., Bd. 2, S. 221.

15 Düntzer, a. a. O., Bd. 3, S. 114.

16 Herder, Bd. 28, S. 443.

17 Reinhold Köhler: *Herders Cid und seine französische Quelle.* Leipzig 1867. – auf die *Bibliothèque universelle* als Quelle des Herderschen *Cid* hatten zuvor schon Damas Hinard: *Romancero Général* (Paris 1844) und Saint-Albin: *La Légende du Cid* (Paris 1866) aufmerksam gemacht.

18 Köhler, a. a. O., S. 3.

19 *Bibliothek der schönen Wissenschaften.* 1762. 1. Stück, S. 330.

20 Herder, Bd. 18, S. 124.

21 Herder, Bd. 24, S. 250.

22 Ebd.

23 Herder, Bd. 25, S. 330.

24 Herder, Bd. 24, S. 253.

25 Eckermann: Gespräche mit Goethe. 5. April 1831.

26 G. K. Nagler: *Neues allgemeines Künstlerlexikon.* Bd. 10 (1841), S. 311.

Literaturverzeichnis

Textausgaben

Der Cid. Nach spanischen Romanzen besungen durch J. G. v. Herder. Mit einer historischen Einleitung durch Johann v. Müller. Tübingen 1805. (= *Sämtliche Werke. Zur schönen Literatur und Kunst,* Bd. 3). – Erste Ausgabe.

Der Cid. Tübingen 1806. – Ohne Müllers Einleitung.

Der Cid. Neue, unveränderte Aufl. Stuttgart und Tübingen 1836; wiederholt 1837.

Der Cid. Illustrierte Prachtausgabe mit 70 Holzschnitten nach Zeichnungen von Eugen Neureuther. Stuttgart 1839. Lex. 8°.

Dass. 2. Aufl. Stuttgart 1844. Lex. 8°.

Dass. 3. Aufl. Stuttgart 1859. Lex. 8°. – Die Druckvorlage dieser Taschenbuchausgabe.

Der Cid. Stuttgart und Tübingen 1845. Miniaturausgabe. Wiederholt 1853 und 1873.

Der Cid. Mit einer Einleitung über Herder und seine Bedeutung für die deutsche Literatur. Hrsg. von J. Schmidt und mit Erläuterungen versehen von K. Michaelis. Leipzig 1868.

Der Cid. In: *Sämtliche Werke.* Hrsg. von B. Suphan (Bd. 1–33. Berlin 1877–1913). Bd. 28, 1884. – Maßgebliche, historisch-kritische Ausgabe.

Literatur

Gesamtdarstellungen

R. Haym: *Herder nach seinem Leben und seinen Werken dargestellt.* Bd. 1–2. Berlin 1880–1885. – Neuausgabe. Mit einer Einleitung von Wolfgang Harich. Berlin 1954.

E. Kühnemann: *Herder's Leben.* München 1895. – 3. Aufl. u. d. T.: *Herder.* München 1927.

W. Rasch: *Herder. Sein Leben und Werk im Umriß.* Halle 1938.

L. Bäte: *Johann Gottfried Herder. Der Weg – Das Werk – Die Zeit.* Stuttgart 1948.

A. Gillies: *Herder. Der Mensch und sein Werk.* Hamburg 1949. (Engl. Originalausg. Oxford 1945).

W. Dobeck: *Johann Gottfried Herder.* Weimar 1950.

E. Baur: *Johann Gottfried Herder. Leben und Werk.* Stuttgart 1960.

F. W. Kantzenbach: *Herder.* Reinbek 1970.

Einzeluntersuchungen zum „Cid“

F. A. Gotthold: *Über die Nachahmung der italienischen und spanischen Versmaße in unserer Muttersprache.* Königsberg 1846.

W. B. Mönnich: *Herders Cid und die spanischen Cidromanzen.* Programm des evang. Theol. Seminars zu Urach. Tübingen 1854.

Herders Cid. Erläutert von H. Düntzer. Wenigen und Jena 1860.

R. Dozy: *Recherches sur l'histoire et la littérature de l'Espagne pendant le moyen âge.* 2. Aufl. Leiden 1860. Bd. 2, S. 1–253.

R. Köhler: *Herders Cid und seine französische Quelle.* Leipzig 1867.

C. Michaelis: *Der jüngste und vollständigste Romancero des Cid.* Leipzig 1871.

A. Willemaers: *Le Cid, son histoire, sa légende, ses poetes.* Bruxelles 1873.

Herders Cid, die französische und die spanische Quelle. Zusammengestellt von. A. S. Voegelin. Heilbronn 1879.

A. Leitzmann (Hrsg.): *Histoire du Cid.* Halle a. d. S. 1916. – Nach der Ausgabe von 1783.

J. J. Bertrand: Herder et le Cid. In: *Bulletin Hispanique* 43 (1921), S. 180–210.

M. Ohlischlaeger: *Die spanische Romanze in Deutschland.* Diss. Freiburg i. Br. 1926.

B. Matulka: *The Cid es a courtly hero, from Amandis to Corneille.* New York 1928.

R. Menéndez Pidal: *Das Spanien des Cid.* Bd. 1–2. München 1936–37. (Span. Originalausg. Madrid 1929).

C. Claveria: Notas sobre el Cid en el norte de Europa. In: *Revista de filol. española* 25 (1941).

Die bibliophilen Taschenbücher

Bisher sind erschienen:

Die Gutenberg-Bibel, Band 1
Nach der Ausgabe von 1450–1455
Die bibliophilen Taschenbücher Nr. 1
Mit Nachworten von Wieland Schmidt und Aloys Ruppel
320 Seiten,
14,80 DM

Lieder der Heimath
Nach der Ausgabe von 1868
Die bibliophilen Taschenbücher Nr. 2
140 S., 119 Abb.,
7,80 DM

Kladderadatsch
1. Jahrgang – 1848
Die bibliophilen Taschenbücher Nr. 3
140 S., 82 Abb.,
6,80 DM

Harriet Beecher Stowe
Onkel Tom's Hütte
Nach der Ausgabe von 1853
Die bibliophilen Taschenbücher Nr. 4
366 S., 40 Abb.,
12,80 DM

Ludwig Bechstein's Märchenbuch
Nach der Ausgabe von 1853
Die bibliophilen Taschenbücher Nr. 5
174 Holzschnitte von Ludwig Richter
280 Seiten,
9,80 DM

Franz Kugler/Adolph Menzel
Geschichte Friedrichs des Großen
Nach der Ausgabe von 1856
Die bibliophilen Taschenbücher Nr. 6
317 Illustrationen von Adolph Menzel
545 Seiten,
16,80 DM

Das Lob des Tugendsamen Weibes
Nach der Ausgabe von 1885
Die bibliophilen Taschenbücher Nr. 7
30 Illustrationen von L. von Kramer
60 Seiten,
6,80 DM

Pater Hilarion alias Joseph Richter
Bildergalerie weltlicher Misbräuche
Nach der Ausgabe von 1785
Die bibliophilen Taschenbücher Nr. 8
270 S., 20 Tafeln,
9,80 DM

Christoph Weigel
Abbild- und Beschreibung der Gemein-Nützlichen Haupt-Stände
Nach der Ausgabe von 1698
Die bibliophilen Taschenbücher Nr. 9
210 Tafeln, 434 Seiten,
14,80 DM

Theodore de Bry
Das vierdte Buch Von der neuwen Welt
Nach der Ausgabe von 1594
Die bibliophilen Taschenbücher Nr. 10
194 S., 26 Abb.,
9,80 DM

Zeitung für Pferdeliebhaber
Nach dem 1. Jahrgang 1825/26
Die bibliophilen Taschenbücher Nr. 11
414 S., 12 Tafeln,
14,80 DM

Praktische Konditoreikunst
Nach der Ausgabe von 1916
Die bibliophilen Taschenbücher Nr. 12
111 Farbtafeln, 242 S.,
16,80 DM

Ludwig Richter/A. E. Marschner
Alte und neue Studentenlieder
Nach der Ausgabe von 1844
Die bibliophilen Taschenbücher Nr. 13
66 Holzschnitte von Ludwig Richter
80 Seiten,
6,80 DM

Johann Elias Ridinger
Vorstellung und Beschreibung derer Schul und Campagne Pferden nach ihren Lectionen
Nach der Ausgabe von 1760
Die bibliophilen Taschenbücher Nr. 14
46 Tafeln, 118 Seiten,
9,80 DM

Hancarville
Bilder aus dem Privatleben der römischen Cäsaren
Nach der Ausgabe von 1906
Die bibliophilen Taschenbücher Nr. 15
Mit einem Nachwort von Henri Herbedé
51 Tafeln, 258 Seiten,
9,80 DM

Hans Dichand (Hrsg.)
Jugendstilpostkarten
Die bibliophilen Taschenbücher Nr. 16
Mit einem Nachwort von Hans Dichand
und Künstlerbiographien
von Michael Martischnig
69 Farbtafeln
164 Seiten,
16,80 DM

Lügen-Chronik oder Wunderbare Reisen zu Wasser und zu Lande und lustige Abenteuer des Freiherrn von Münchhausen
Nach der Ausgabe von 1839
Die bibliophilen Taschenbücher Nr. 17
504 Seiten, 117 Holzschnitte
14,80 DM

Johann Bernhard Fischer von Erlach
Entwurf einer historischen Architektur
Nach der Ausgabe von 1721
Die bibliophilen Taschenbücher Nr. 18
Mit einem Nachwort von Harald Keller
89 Kupfertafeln
289 Seiten,
16,80 DM

Grandville
Die Seele der Blumen – Les Fleurs Animées
Nach der Ausgabe von 1847
Die bibliophilen Taschenbücher Nr. 19
Mit einem Nachwort von Marianne Bernhard
51 Farbtafeln, 116 Seiten,
14,80 DM

Johann Wolfgang von Goethe
Die Leiden des jungen Werthers/
Friedrich Nicolai
Die Freuden des jungen Werthers
Nach den Ausgaben von 1774 und 1775
Die bibliophilen Taschenbücher Nr. 20
Mit einem Nachwort von Heiner Höfener
307 Seiten,
12,80 DM

Anmuth und Schönheit
Nach der Ausgabe von 1797
Die bibliophilen Taschenbücher Nr. 21
317 Seiten, 5 Abb.,
9,80 DM

Alte Bilderrätsel
Aus dem 19. Jahrhundert
Die bibliophilen Taschenbücher Nr. 22
Mit einem Nachwort von Ulrike Bessler
69 Tafeln, 151 Seiten,
6,80 DM

Hancarville
Denkmäler des Geheimkults der römischen Damen
Nach einem Privatdruck um 1910
Die bibliophilen Taschenbücher Nr. 23
49 Tafeln, 144 Seiten,
9,80 DM

Karl Friedrich Flögel
Geschichte des Grotesk-Komischen
Nach der Ausgabe von 1862
Die bibliophilen Taschenbücher Nr. 24
548 S., zahlreiche Farb- und Schwarzweiß-Abb
sowie alle Klapp- und Verwandlungseffekte
16,80 DM

Deutsches Balladenbuch
Nach der Ausgabe von 1861
Die bibliophilen Taschenbücher Nr. 25
122 Holzschnitte von L. Richter u. a.
360 Seiten,
12,80 DM

Herzensangelegenheiten.
Liebe aus der Gartenlaube
Aus dem 19. Jahrhundert
Die bibliophilen Taschenbücher Nr. 26
Mit einem Nachwort von Marianne Bernhard
102 Abb., 156 S.,
6,80 DM

August Johann Rösel von Rosenhof
Insecten-Belustigung
Nach der Ausgabe von 1746–61
Die bibliophilen Taschenbücher Nr. 27
Mit einem Nachwort von Wolfgang Dierl
175 Farbtafeln, 187 Seiten
19,80 DM

Wilhelm Hey
Funfzig Fabeln für Kinder
Nach der Ausgabe von 1833
Die bibliophilen Taschenbücher Nr. 28
50 Tafeln von Otto Speckter
Mit einem Nachwort von Walter Scherf
166 Seiten,
9,80 DM

Karl Bädeker
Rheinreise von Basel bis Düsseldorf
Nach der Ausgabe von 1849
Die bibliophilen Taschenbücher Nr. 29
Mit einem Nachwort von Peter Baumgarten
498 S., zahlreiche Ansichten,
Pläne und Karten,
14,80 DM

Johann Amos Comenius
Orbis sensualium pictus
Nach der Ausgabe von 1658
Die bibliophilen Taschenbücher Nr. 30
Mit einem Nachwort von Heiner Höfener
405 Seiten, zahlr. Abb.,
14,80 DM

Robert Reinick
ABC-Buch für kleine und große Kinder
Nach der Ausgabe von 1876
Die bibliophilen Taschenbücher Nr. 31
Mit einem Nachwort von Ulrike Bessler
27 Tafeln, 178 Seiten,
6,80 DM

J. W. Ludlow
Das Buch der Tauben
Nach der Ausgabe um 1870
Die bibliophilen Taschenbücher Nr. 32
Mit einem Nachwort von Joachim Schütte
50 Farbtafeln, 118 Seiten
9,80 DM

Kaiser-Wilhelm-Album
Die bibliophilen Taschenbücher Nr. 34
ca. 100 Abb., 180 Seiten
12,80 DM

Das Nibelungenlied
Übersetzt von Gotthard Oswald Marbach
Nach der Ausgabe von 1841
Die bibliophilen Taschenbücher Nr. 35
416 Seiten, 44 Holzschnitte
14,80 DM

Der Markusplatz zu Venedig
Nach der Ausgabe von 1831
Die bibliophilen Taschenbücher Nr. 36
Mit einer Einführung von Harald Keller
17 Farbtafeln, 61 Seiten
9,80 DM

12 000 Deutsche Sprichwörter
Nach der Ausgabe von 1846
Die bibliophilen Taschenbücher Nr. 37
Mit einem Nachwort von Hermann Bausinger
592 Seiten,
16,80 DM

Oliver Goldsmith
Der Landprediger von Wakefield
Übersetzt von Ernst Susemihl
Nach der Ausgabe von 1841
Die bibliophilen Taschenbücher Nr. 38
Mit einem Nachwort von Heiner Höfener
58 Holzschnitte von Ludwig Richter
288 Seiten,
7,80 DM

Ludwig Richter
Beschauliches und Erbauliches
Nach der Ausgabe von 1855
Die bibliophilen Taschenbücher Nr. 39
Mit einem Nachwort von Reinhard Bentmann
35 Holzschnitte, 68 Seiten
6,80 DM

F. J. Kiefer
Die Sagen des Rheinlandes
Nach der Ausgabe von 1845
Die bibliophilen Taschenbücher Nr. 40
344 Seiten, 20 Stahlstiche
12,80 DM

Julius Schnorr von Carolsfeld
Die Bibel in Bildern
Nach der Ausgabe von 1852–60
Die bibliophilen Taschenbücher Nr. 41
320 Seiten
12,80 DM

Johann Peter Hebel
Allemannische Gedichte für Freunde ländlicher Natur und Sitten
Nach der hochdeutschen Ausgabe von 1851
Die bibliophilen Taschenbücher Nr. 42
95 Holzschnitte von Ludwig Richter
273 Seiten,
7,80 DM

Hans Burgkmair
Turnier-Buch
Nach der Ausgabe von 1853
Die bibliophilen Taschenbücher Nr. 43
Mit einem Nachwort von R. Bentmann
27 Farbtafeln von Hans Burgkmair
86 Seiten, 9,80 DM

Johann Gottfried von Herder
Der Cid
Nach der Ausgabe von 1859
Die bibliophilen Taschenbücher Nr. 44
Mit einem Nachwort von Heiner Höfener
73 Holzschnitte von Eugen Neureuther
240 Seiten, 9,80 DM

Theodor Storm
Immensee
Nach der Ausgabe von 1857
Die bibliophilen Taschenbücher Nr. 45
12 Abbildungen von Ludwig Pietsch
52 Seiten, 6,80 DM

Heinrich Zschokke
Die klassischen Stellen der Schweiz
Nach der Ausgabe von 1842
Die bibliophilen Taschenbücher Nr. 46
Mit einem Nachwort von Peter Baumgarten
84 Abbildungen von Gustav A. Müller
596 Seiten, 16,80 DM

Georg Scherer (Hrsg.)
Die schönsten deutschen Volkslieder
Nach der Ausgabe von 1875
Die bibliophilen Taschenbücher Nr. 47
Mit einem Nachwort von Rolf Wilh. Brednich
94 Abbildungen von Ramberg, Richter u. a.
240 Seiten, 9,80 DM

Angela und Andreas Hopf (Hrsg.)
Exlibris
Die bibliophilen Taschenbücher Nr. 48
220 Abbildungen, davon 32 in Farbe
240 Seiten, 16,80 DM

Im September erscheinen:

Johann Wolfgang von Goethe
Reineke Fuchs
Nach der Ausgabe von 1867
Die bibliophilen Taschenbücher Nr. 49
Mit einem Nachwort von Walter Scherf
36 Stahlstiche von Wilhelm von Kaulbach
320 Seiten, 12,80 DM

Machiavel/Friedrich II.
Regierungskunst eines Fürsten/Anti-Machiavel
Nach der Ausgabe von 1745
Die bibliophilen Taschenbücher Nr. 50
Mit einem Nachwort von Heiner Höfener
536 Seiten, 16,80 DM

Abraham a Sancta Clara
Hundert Ausbündige Narren
Nach der Ausgabe von 1709
Die bibliophilen Taschenbücher Nr. 51
Mit einem Nachwort von Wilfried Deufert
101 Tafeln von Christoph Weigel
614 Seiten, 16,80 DM

Wilhelm Hey
Noch funfzig Fabeln
Nach der Ausgabe von 1837
Die bibliophilen Taschenbücher Nr. 52
Mit einem Nachwort von Walter Scherf
50 Farbtafeln von Otto Speckter
150 Seiten, 12,80 DM

Oscar Ludwig Bernhard Wolff
Naturgeschichte des deutschen Studenten
Nach der Ausgabe von 1847
Die bibliophilen Taschenbücher Nr. 53
214 Seiten, 29 Abbildungen
9,80 DM

Friedrich Sternberg
Knasterkopfs Annehmlichkeiten und Freuden
Nach der Ausgabe von 1834
Die bibliophilen Taschenbücher Nr. 54
188 Seiten, 16 Abbildungen
9,80 DM

(Änderungen vorbehalten)